Demasiado pequeño para ganar la guerra

Juan Ignacio Ferreras

Demasiado pequeño para ganar la guerra

ACVF EDITORIAL
MADRID

Diseño de la colección:
La Vieja Factoría
Ilustración de cubierta: modificación de «Cabeza de niño con blusón celeste»,
de Joaquín Sorolla, por La Vieja Factoría

Editor:
  José Ramírez

Edición técnica:
  José Miguel García Martín

Primera edición en ACVF: octubre 2012

ISBN: 978-84-940221-6-6

Impresión digital bajo demanda. También disponible en *eBook*

A todos los niños que pasaron miedo en la guerra civil española.
Ahora que son hombres, intentan olvidar lo que es parte de su memoria infantil y de su historia, pero, felizmente, no lo consiguen.

En mayo de 1936, las tropas italianas de Mussolini entran en Addis-Abbeba.
En Francia, el Frente Popular gana las elecciones.
En la España republicana...

María Luisa me parece muy grande a mí, tan pequeño. Quizás sea rubia o quizás castaña, pero su piel... el color de sus hombros y de sus muslos es blanco, muy blanco y de color de rosa. María Luisa me quiere mucho porque me sonríe siempre; su habitación huele a agua de colonia, está llena de un calor animal, penetrante y acariciador que se me mete dentro.

María Luisa me llama:

—¡Pepucho! ¡Pepucho! Ven, anda, ven aquí.

Yo entro en su habitación y me siento frente a ella. No sé exactamente sobre qué me siento, pero recuerdo mi posición: a mi espalda, la puerta; enfrente, María Luisa; y a la izquierda, una ventana por la que entra un día claro, casi luminoso.

De la habitación no recuerdo nada porque yo sólo miraba a María Luisa, y María Luisa siempre tenía que hacer: cosía o planchaba sin dejar de sonreírme, y, mientras, me contaba un cuento. Siempre el mismo cuento, pero a mí me gustaba.

—Cuéntamelo, cuéntamelo otra vez.

María Luisa vuelve a sonreír y vuelve a empezar:

—Una vez había un pobre leñador que vivía humildemente en una choza. Este leñador tenía un hija muy bonita que se llamaba Rosa. Un día entre los días, el leñador se perdió en el monte, y en medio de la noche oyó una voz que le decía: mándame a tu hija Rosa a dormir conmigo y te daré una moneda de oro. Y el pobre leñador se quedó muy asustado porque no sabía de dónde venía la voz.

Yo, cinco años, me estremezco voluptuosamente: una voz desconocida, una voz que sale de un bosque y que habla así, en la noche...

Pero María Luisa sigue:

—Y la voz le dijo: yo soy un príncipe que vive en el Palacio de la Montaña, y tu hija tiene que subir a la montaña y entrar en el palacio. El pobre leñador se volvió a su choza y le dijo a su hija Rosa que tenía que ir a dormir al Palacio de la Montaña. Y su hija Rosa se fue por el bosque, subió a la montaña, llegó al palacio y llamó a la puerta: tan, tan. Pero nadie respondió, y la puerta se abrió poco a poco y la voz le dijo: ven conmigo. Y todo estaba a oscuras y Rosa no veía nada. Rosa cenó y se acostó en una cama muy grande, y un hombre se acostó a su lado y la cogió en brazos para que durmiera más a gusto. Y Rosa se durmió toda la noche y a la mañana siguiente la voz le dijo: ahora vete a tu choza y en el bolsillo de tu vestido encontrarás una moneda de oro. Y Rosa se salió del Palacio de la Montaña y se volvió a su choza y le dio la moneda de oro a su padre, que se puso muy contento.

María Luisa se calla un momento, pero yo insisto:

—Sigue, sigue...

—Y todas las noches Rosa iba al Palacio de la Montaña y dormía a oscuras con un hombre que la hablaba y hablaba, pero no se dejaba ver nunca. Y los amigos del padre de Rosa, que eran leñadores como él, empezaron a decirle que había que saber quién era el dueño del palacio, y que Rosa tenía que preguntárselo. Y al llegar la noche, cuando estaban en la cama, Rosa se lo preguntó, pero la voz le dijo: no puedes saber quién soy ni puedes verme, y no debes preguntarme nada. Pero Rosa no estaba contenta y a la noche siguiente se fue al palacio con una caja de cerillas, y cenó y se acostó como todas las noches, pero al acostarse escondió debajo de la almohada la caja de cerillas, y en mitad de la noche, Rosa se despertó y, sin meter ruido, sacó la caja de cerillas y encendió una. Pero sólo vio unas manos negras y oyó la voz que le decía: me has desobedecido y ya no quiero nada contigo. Y las manos negras la empujaron fuera del palacio y la tiraron del pelo. Y Rosa se volvió a su choza sin su moneda de oro. Y su padre el leñador ya no volvió a oír la voz, y aunque fueron a la montaña otro día, ya no encontraron palacio ni nada. Y vivieron pobres para siempre.

Y María Luisa acaba el cuento diciéndome:

—Y ya está.

Yo cierro los ojos y veo las manos negras y oigo la voz de aquel príncipe de la montaña, porque tenía que ser un príncipe, y tan misterioso que nadie le pudo ver nunca, ni siquiera Rosa, la hija del pobre leñador.

Por la noche, cuando me acuesto, mi madre me hace rezar y yo rezo todo lo deprisa que puedo porque quiero quedarme solo en la oscuridad para contarme de nuevo el cuento de María Luisa: la voz que hablaba en la oscuridad y las manos negras. No siento miedo alguno, y si me estremezco y tengo escalofríos, es más de gusto que de otra cosa.

Ahora, a veces, pienso que el cuento era más terrorífico de lo que María Luisa creía, o quizá fuera la misma María Luisa, con su sonrisa, la que lo convertía en un cuento simplemente misterioso.

No recuerdo haber visto nunca enfadada a María Luisa, y sin embargo recuerdo muy bien cuándo se enfadaba mi padre, o cuándo se enfadaba mi madre; y sobre todo Palmiro.

Palmiro es un señor italiano que vive en la puerta de enfrente. Palmiro es pequeñito, más bajo que María Luisa y muy moreno. Habla muy alto y mueve mucho los brazos. Mi padre es muy amigo suyo y Palmiro viene muchas veces a casa, sobre todo cuando estamos acabando de comer. Entra en el comedor, me da un beso en la frente —es el único que me besa en la frente— y se sienta siempre cerca de mí.

Palmiro habla muy alto, casi a gritos.

—Pero tú te das cuenta —dice— era lo único que nos faltaba. Han entrado en Addis-Abbeba.

—Sí —replica mi padre.

—Y ni Inglaterra ni Francia dicen nada.

—Nada —responde mi padre, sombrío.

—Y Etiopía está a dos pasos del canal de Suez; tienen que estar muy tontos los ingleses para permitirlo. O lo que es peor, todos están de acuerdo.

Palmiro se exalta cuando habla de Italia.

—¡El fascismo! —grita— eso es el fascismo, la religión de la violencia, la doctrina de los brutísimos. Y pensar que Mussolini era internacionalista; y ahora, ya lo ves, quiere un imperio, un imperio más, y los obreros se dejan matar por la gloria de Italia.

—Los obreros no saben lo que hacen cuando se les viste de uniforme.

—Pero Mussolini sí lo sabe. Y si todo sigue así, vendrá otra guerra como la última, o peor que la última, con sus millones de muertos y sus millones de inválidos.

—¡Palmiro! —implora mi madre.

—Sí, *signora*, millones de muertos y millones de mutilados; y todo para qué, para que...

Palmiro acaba por callarse y tomar su café en silencio; sin dejar de mover la cabeza y las manos, pero sin añadir una palabra.

María Luisa se ríe mucho de Palmiro porque Palmiro se quiere casar con ella.

Un día supe, no sé cómo, que Palmiro había venido a hablar a mis padres sobre su amor tan mal correspondido; mis padres habían hablado con María Luisa, y María Luisa se había encerrado en su cuarto.

Yo andaba un poco triste, de la cocina al comedor y del comedor a la cocina.

—¡Pepucho! ¡Pepucho!

María Luisa me abre los brazos sonriendo; yo no debo de tener un aire muy alegre porque María Luisa me pregunta:

—¿Te duele algo?

—No.

—Dime la verdad.

La verdad se la digo llorando:

—No quiero que te vayas con Palmiro.

María Luisa se echa a reír.

—¿Quién te ha dicho que me voy a ir con Palmiro?

—Nadie, pero yo lo sé.

—No, no me voy con Palmiro; Palmiro se quiere casar conmigo, ¿comprendes? Quiere hablar con mis padres para casarse conmigo, pero yo no quiero.

—¿Y no te irás?

—No, no me iré.

Desde aquel día me quedé tranquilo sobre la posible marcha de María Luisa y empecé a mirar con malos ojos a Palmiro, el italiano.

Ahora, cuando lo pienso, creo que yo quería mucho más a María Luisa que a mis padres; porque María Luisa no se enfadaba nunca y siempre estaba a mi lado; me vestía, me daba de comer, me acompañaba al colegio y me contaba el cuento de las manos negras.

María Luisa tiene que ser muy guapa, y aunque yo no entiendo de estas cosas, porque no puedo comparar, María Luisa me parece más guapa que doña Adriana, por ejemplo, de la que mis padres siempre andan diciendo que es muy bonita.

—No, no es bonita —replico.

—¿Por qué no es bonita, vamos a ver? —me pregunta mi madre.

—Porque no.

—¿Y por qué no?

—Pues porque no lleva corset.

—Tú qué sabes —y mi madre se echa a reír.

Pero yo sé muy bien lo que me digo y sé muy bien lo que es un corset.

María Luisa, a veces, se pone corset; un corset negro y muy complicado; en ponérselo y ajustárselo tarda mucho tiempo; yo, que la contemplo atentamente, pregunto:

—¿Qué es eso?

—Esto se llama corset.

—¿Corset?

—Sí, corset, y hay que ponérselo para estar guapa.

—¿Yo también me pondré corset?

—No, los hombres no se ponen corset.

—¿Por qué?

—Porque los hombres siempre están guapos.

María Luisa, en corset, frente a la ventana luminosa, me sonríe. El corset es negro y los hombros y las rodillas de María Luisa me parecen redondos y muy blancos. La pobre María Luisa suspira con fuerza mientras se ajusta el corset, y hasta jura:

—¡Maldita sea!

Luego, cuando me quedo solo en la oscuridad protectora de mi cuarto, repito:

—Maldita sea, maldita sea, maldita sea.

Y suelo soñar que Palmiro, con las manos negras, intenta llevarse a María Luisa, y que María Luisa, en corset negro, agita la cabeza enérgicamente y dice que no.

Palmiro vino un día con un caballo de cartón y un carrito de madera:

—Para el niño.

El niño, que era yo, se apoderó del caballo y del carro sin dar las gracias.

—¿Cómo se dice, Pepito?

—Se dice *¡maldita sea!*

Aquello me valió la primera bofetada de la que guardo memoria. Una bofetada sonora y seca como un disparo. El pobre Palmiro se quedó muy asustado, pero mi madre estaba furiosa:

—No, no se le puede pasar una. No queremos que se nos convierta en un hijo único; pero la culpa la tiene María Luisa, que le tiene muy consentido.

—Ma...

—No, no, Palmiro; hay que castigarlo.

—*Ma, signora...*

Yo bajaba la cabeza y continuaba aferrado a mi caballo y a mi carro. No es que odiara a Palmiro, es que quería demasiado a María Luisa, y los mayores, como siempre, no comprendían. Mi madre continuó durante un largo rato explicando a Palmiro los inconvenientes del hijo único; Palmiro no decía nada y yo esperaba que viniera María Luisa a sacarme de aquella situación.

Pero quien llegó, y muy alegre, fue mi padre.

Cuando mi padre vuelve alegre a casa, se le oye silbar desde la puerta; silba siempre la misma música, pero sólo cuando está contento.

Mi padre entra con un periódico en la mano:

—Noticias, noticias...

Mi madre nos deja y mi padre comienza a hablar:

—El Frente Popular ha ganado las elecciones en Francia. ¡Esto sí que no te lo esperabas, eh, Palmiro!

—Pues no.

—Y te lo dije; pero eres demasiado pesimista. Ahora vamos a ver lo que es bueno; se acabaron las baladronadas; Léon Blum es nuestro hombre; nada de guerras, huelgas generales, ocupación de fabricas... se acabaron los militares y la revolución llega... Llega, Palmiro, llega...

Pero Palmiro no parece muy convencido.

—Acuérdate de Jaurés. Y Jaurés valía cien veces más que tu Léon Blum.

—Porque lo asesinaron.

—No, aunque no le hubieran asesinado, todo hubiera sido igual. Nada de huelgas, Pepe, la Internacional está muerta y bien muerta. Los socialistas, cuando llega el momento, se ponen el uniforme y se van a la guerra cantando como todos los demás.

—Pero Largo Caballero ha dicho que...

Me voy en busca de María Luisa, porque cuando mi padre y Palmiro se ponen a hablar de política, yo no comprendo nada; mi madre dice que ellos, mi padre y Palmiro, tampoco comprenden nada. Y lo dice con cierta pena, no sé por qué.

Mes de marzo en la Europa de 1936: el gobierno hitle-
riano militariza la Renania.

María Luisa me despierta a las ocho; estoy tan dormido que apenas me doy cuenta de nada: a María Luisa la veo entre sueños, primero sus manos, que me acarician la frente, la cara, el pelo; luego su rostro entero, sonriente, que me besa.

—Vamos, levántate.

María Luisa me ayuda a vestir y me da de desayunar: café con leche y dos tostadas con mantequilla.

—Date prisa; tenemos poco tiempo.

Me doy prisa, busco la cartera con mis libros y mis lápices de colores, no la encuentro, me desespero, tengo ganas de llorar, pero María Luisa me dice:

—Tonto.

María Luisa me coge de la mano y los dos salimos a la calle; en la escalera de casa hace frío porque la escalera es de mármol y tiene todas las ventanas que dan al patio abiertas.

Las mañanas de Bilbao, las que se me han quedado en la memoria, son blancas y frías como la escalera de mi casa, pero brumosas porque no puedo mirar a lo lejos, a lo largo de la calle, porque por más que miro no veo nada.

—Date prisa.

Vivimos cerca del Campo Volantín; nuestra calle se llama calle de la Viuda de Epalza y es perpendicular al Campo Volantín y a la ría; según avanzo por la calle, a traves de la

17

niebla, veo la chimenea de un barco: una chimenea negra, inmóvil, enorme para mis ojos de niño.

En la esquina de la calle, frente a los árboles del Campo Volantín, nos detenemos.

Recuerdo este lugar, esta esquina de verjas de hierro negro con un pequeño repecho de cemento, en el que apoyo mi cartera mientras espero el coche del Colegio Alemán. Debe de ser un chalet, una mansión elegante y baja, escondida siempre por la verja de hierro negro.

—Ya viene, ya viene.

El autobús es azul y se detiene un momento; María Luisa me da un beso y me alza por la portezuela abierta.

En el autobús me recibe la cara de siempre: una mujer entrada en años, que me dice:

—*Guten tag.*

Es *fraulein* Crete y hay que contestar:

—*Guten tag, fraulein Grete; wie geht es innen?*

Me siento con los demás: caras de niños y caras de niñas que ya conozco, que me son familiares; pero no me interesan, lo que yo quiero es mirar por la ventanilla.

El autobús avanza por la orilla derecha de la ría camino de Deusto. Pasan árboles, y casas, y llegan al puente: el puente colgante, negro y enorme para mí, gigantesco en la mañana blanca.

Luego el autobús se detiene y yo me veo en un patio lleno de guijos redondos, pequeños y grises. Todos gritan y yo también. Llega una *fraulein* y entramos en una sala.

Me veo sentado y me veo a gatas.

Veo también un pequeño teatro de marionetas, donde los muñecos hablan en alemán. ¿Los comprendo o no los comprendo? No sé. A veces la *fraulein* abre un libro y lo sostiene en alto, el libro está lleno de figuras de colores, la *fraulein* habla, nos describe las figuras y, después, nos pregunta:

—Was ist das?

¿Me pregunta a mí? Como no lo sé, cierro los ojos, pero la *fraulein* insiste:

—*Was ist das?* —y luego, dirigiéndose a mí—: *Stehen sie auf! Sie haben genug geschlafen.*

Pasa un poco de tiempo y me echo a andar a gatas entre las patas de las sillas y la piernas de los demás. ¿Qué veo? Veo piernas y pantalones y braguitas de niñas de color de rosa; una vez me aventuro hasta las piernas de la profesora, veo las medias y quizá las ligas; la imagen se me queda grabada, pero difusamente, tan vagamente como las palabras.

—*Der gauner!*

¿Es a mí?

Nos ponemos a jugar en el patio de guijarros; como yo tengo un revólver de color de plata, yo soy el capitán: corro, me agarran, me suelto, caigo al suelo y me vuelvo a levantar. El patio ha desaparecido y ahora me encuentro entre unos árboles, me buscan, grito y echo a correr de nuevo.

¿Cómo son mis amigos? Recuerdo pequeñas caras de niños y niñas, pero sólo una con precisión: un *knabe* con el cuello largo y blanco, con el pelo por la frente y los ojos vivos: me ha pedido mi revólver y se lo he dado: es al único que presto mi revólver, y ya no soy capitán, ahora soy teniente y tengo que correr detrás del capitán.

Ein lehrer nos detiene con las manos, nos pregunta:

—*Was macht ihre?*

Le decimos que estamos jugando a los soldados, pero él dice que a lo que tenemos que jugar es a ser soldados alemanes. ¿Militarista? No, lo único que quiere es que hablemos alemán.

Hay un grupo de niñas, llego y les levanto las faldas. Es muy fácil levantar las faldas a una niña: uno se acerca sin mirar, lentamente, como si no fuera a hacer nada; luego, de repente, hay que agacharse, coger el borde de la falda con las dos manos y levantarla; la niña chilla, patalea, y uno se ríe y se divierte mucho.

Parece ser que el *herr direktor* del Colegio Alemán de Deusto comunicó a mi padre que su hijo se dedicaba a levantar las faldas de las niñas; parece ser que se interrogó seriamente al responsable, y resultó de todo que habían sido los mayores, algunos colegiales de más de diez años, los que habían incitado al pequeño del señor Gracia a jugar de esta manera.

Pero esto lo supe mucho después; por el momento me veo allí, en el patio y cerca de la puerta de salida, levantando faldas con las dos manos; recuerdo los chillidos y los gritos de las niñas, pero no recuerdo ni sus piernas ni sus braguitas, creo que ni las miraba.

El día transcurre en alemán y yo no me acuerdo de nada, no sé leer y el *tafel* sólo sirve para dibujar: una mesa, una casa, un árbol...

—*Das ist ein tisch, ein haus, ein baum...*

Yo miro, escucho y de vez en cuando me vuelvo a poner a gatas.

El Colegio Alemán tiene un teatro, quizá grande, quizá pequeño; yo he trabajado ya tres veces en el teatro, dos en el escenario y una en pleno campo.

Me acuerdo muy bien de mis papeles: yo he sido estrella, diablo y escarabajo, las tres cosas.

Para ser estrella me han vestido de blanco y amarillo, con una estrella de cinco puntas en la cabeza y un farol colgado de un palo blanco. El papel era fácil: todo estaba oscuro, y nosotros, las estrellas, *die sterne*, entrábamos en escena cantando algo que se me ha olvidado, avanzábamos hasta una cuna donde dormía alguien y nos poníamos a girar alrededor sin dejar de cantar. Olía a purpurina y la gente aplaudía mucho.

Después he trabajado de escarabajo. Era una pradera inmensa y hacía un poco de frío. Yo tenía que trabajar agachado, como oprimido por un caparazón de color castaño: era un escarabajo y no tenía derecho a tenerme de pie: evolucionaba entre muchas niñas vestidas de mariposa; yo pasaba y repasaba sin levantar la vista nunca; como si todo se confabulara para que las piernas de las nenas no salieran nunca de mi campo visual.

Pero ahora soy diablo, visto de negro y de encarnado, tengo un rabo largo y negro y dos cuernecitos, negros también, que me salen de la frente. Estoy en el escenario, doy un grito y agito el tridente; a mi alrededor hay más diablos y todos gritan como yo. Alguien dice que somos adorables y nosotros nos cogemos del rabo y danzamos como deben danzar los diablos: alegremente.

La gente vuelve a aplaudir y yo me veo en casa, delante del espejo del armario, vestido aún de diablo y con María Luisa y mi madre al lado que ríen, que ríen sin parar. Las dos quieren desnudarme, pero yo no quiero, quiero acostarme vestido de diablo y no me dejan, lloro.

El *herr direktor* del Colegio es un hombre cuadrado, muy rubio y con el pelo rapado, no sé lo que me está diciendo, pero sonríe casi como María Luisa.

Anochece y yo vuelvo a contemplar el puente colgante de Deusto: hay luces que se mueven de un lado para otro, pero estoy un poco cansado; cuando el autobús se detiene y abren la portezuela, me dejo caer en brazos de María Luisa.

—Ven, Pepucho.

Mis padres no están en casa y María Luisa me da de cenar. María Luisa canta, me doy cuenta de que está cantando: tiene muy buena voz porque María Luisa todo lo tiene bueno: la sonrisa, los muslos, los hombros y la voz.

Estoy en mi cama; María Luisa cierra las contraventanas para que me duerma, pero yo no quiero dormir. ¿En qué pienso? Pienso que María Luisa ha cerrado la ventana para engañarme, para que me duerma antes, pero yo he decidido no dormir. Se está bien en la cama, calentito y tranquilo, y uno puede pensar: en ese chico del cuello alargado que me ha pedido el revólver, en la *fraulein*, que tiene medias de color salmón; en las niñas, que se ponen a gritar cuando les levanto las faldas.

A veces *ich bin krank*; no sé lo que me pasa, mi madre dice que tengo anginas y María Luisa que tengo fiebre. Tener fiebre es tener calor y yo tengo calor, mucho calor; me puedo destapar, sacar un pie, pero es lo mismo, sigo teniendo calor: es la fiebre.

—¿Te duele la cabeza?

No, la cabeza no me duele nada.

—¿Te duele la garganta?

No, no me duele la garganta; sólo cuando trago algo parece que la garganta es más estrecha; pero dolerme, no me duele.

—Es una indigestión.

Me dan de beber una cucharada babosa y espesa, algo repugnante, un líquido de color naranja que sabe lo mismo que los lápices de colores, pero más dulce; y no me gusta, me retuerzo, grito... pero mi madre es inflexible. El líquido aceitoso me revuelve las tripas, me hace sudar y me deja la boca pegajosa. Chillo y maldigo.

—¿Qué dice este niño? —pregunta María Luisa.

—Es alemán, habla alemán.

Pero yo no quiero hablar alemán, yo quiero que me comprendan y sigo chillando; entonces, María Luisa y mi madre se echan a reír.

—Pero qué dice este niño...

—Hay que esperar a que venga su padre.

Sí, mi padre comprende el alemán, pero ellas no.

Enfermo, con la garganta achicada o las tripas revueltas y una mezcla incomprensible de alemán y español, pero ¿sé yo mismo lo que digo? No, a veces me echo a hablar así, por hablar, sin querer decir nada.

—Hay que esperar a que venga su padre.

Mi padre viene y tampoco me comprende; mi madre se impacienta:

—Pero ¿qué dice?

—¿Cómo quieres que lo sepa? Lo mezcla todo.

Esta vez la enfermedad ha sido muy larga; hace ya varios días que no me levanto de la cama; María Luisa dice:

—Tienes el sarampión; cuando te levantes, ya verás qué alto vas a ser.

—Como tú.

—No, un poco menos.

Tengo ganas de levantarme, seguro que he crecido; y me levanto, pongo los pies en el suelo y los pies me parecen más pequeños, más débiles, como si estuvieran tontos. Me miro en el espejo del armario: no, no he crecido nada, me parece que no he crecido nada. María Luisa me sorprende:

—Acuéstate enseguida.

Me acuesto triste, pesaroso de no haber crecido, tengo ganas de llorar y lloro. María Luisa, la mentirosa, no se da cuenta de nada, y no he crecido, no he crecido.

—Van a venir los Reyes ¿qué quieres que te echen?

Los tres Reyes Magos vienen por la noche montados en camellos y dejan juguetes a los niños. Yo quiero un automóvil, un buen automóvil para montarme en él, como los demás.

Como los Reyes vienen por la noche, hay que acostarse enseguida, pero antes, en la ventana, hay que colocar los zapatos y un plato de nueces.

—Las nueces son para los camellos —me explica María Luisa—, a los camellos les gustan mucho las nueces.

—¿Y las saben cascar?

—Pues claro que sí, qué te crees tú, los camellos de los Reyes Magos son muy inteligentes.

Por la mañana me despierto sobresaltado; he dormido muy mal, he soñado con hombres vestidos de moro que entraban y salían en mi habitación como si estuvieran en su casa, y esto me tiene asustado. Me levanto tembloroso y corro a la ventana; hace frío, pero no importa, el coche esta allí, nuevecito. Un automóvil con cuatro ruedas y dos faros como los de verdad.

Mis padres y María Luisa entran con cara de sueño, pero muy sonrientes.

—¡Mira, mira! Los camellos se han comido las nueces y han dejado las cáscaras.

Es verdad, es la pura verdad, los camellos han cascado las nueces, han dejado las cáscaras, y han dejado también una nuez podrida, porque, ya lo dijo María Luisa, estos camellos son muy inteligentes.

—¿Te gusta el coche?

Pero yo no puedo decir nada, me he subido al coche y doy vueltas al volante, pero el coche no arranca.

—No anda, papá, no anda.

—Tienes que poner los pies en los pedales —me explica mi padre—, así, ¿ves?, y ahora a empujar así...

Tengo los pies descalzos y los pedales estan fríos y pican, pero no importa, el coche avanza poco a poco.

Estoy nervioso, quiero salir inmediatamente de casa, inmediatamente.

—No puede ser, no puede ser; vete al pasillo.

El pasillo de nuestra casa es largo y sonoro, el coche corre bien, pero es un problema dar la vuelta, me tengo que apear y volver a montar.

Otra vez estoy enfermo, o ¿continúo enfermo? Han llamado a la puerta y mi madre ha entrado sonriendo:

—No te asustes guapo, no te asustes.

—Es san Nicolás, que viene a verte.

Por la puerta entra un viejo de barba blanca, vestido de blanco y encarnado, botas altas, un saco a la espalda, y tocado con una capucha que le cae hasta los ojos.

El viejo empieza a hablar alemán, pero yo estoy tan asustado que no entiendo nada. El viejo deja el saco en el suelo, lo abre y empieza a sacar paquetes: almendras, higos, peladillas.

Sí, ahora recuerdo, es Santa Claus que viene a ver a todos los chicos que han sido buenos. Y como Santa Claus es alemán, pues por eso habla alemán.

Santa Claus me mira sonriente, dice que tenemos que cantar y cantamos:

O tannenbaum, o tannenbaum
Wie treu sind deine blätter
Du grunst nicht nur zur sommerzeit,
nein, auch im winter, wenn es schneit.
O tannenbaum, o tannembaum
Wie treu sind deine blätter.

Santa Claus parece muy contento porque yo canto muy bien, y sonríe como sonríe el *herr direktor* del Colegio Alemán, casi lo mismo.

Santa Claus se va, mi madre le acompaña y yo me quedo con los paquetes, pero estoy enfermo, no puedo comer nada.

María Luisa se ríe mucho de Santa Claus y de sus paquetes, yo no comprendo nada y tengo ganas de quedarme solo.

—*O tannenbaum, o tannembaum.*

Cuando hay alguna visita, mi padre me llama; yo entro en el gabinete y estrecho la mano de unos y de otros, también inclino la cabeza como me han enseñando en el Colegio.

—Ahora, cuéntanos el cuento que sabes.

Yo cuento un cuento alemán, *ein marchen*, un cuento muy tonto que se titula *«Der wolf und der fuchs»*, *der wolf* es el lobo y *der fuchs* es el zorro; a mí no me gusta este cuento y prefiero el cuento que me cuenta María Luisa, pero a los demás si parece que les gusta, sobre todo a las señoras, porque cuando acabo me dan besos y me acarician.

—Es precioso, precioso.

—Muy bien, muy bien.

Mi padre sonríe satisfecho y yo me vuelvo a la cocina con María Luisa.

No me gustan las visitas ni contar mi cuento alemán; el cuento que me gustaría contar es el cuento de María Luisa, pero no lo sé contar en alemán.

Primera quincena de junio de 1936 en España.
Los falangistas asesinan al teniente Castillo.
Los guardias de asalto asesinan al diputado Calvo
Sotelo.

Mi padre escribe; para escribir se pone una boina vasca
y enciende una lámpara de tallo flexible. Yo me siento
enfrente, en una pequeña mesa; la lámpara de mi padre no
alumbra muy bien mi mesa, pero da lo mismo porque no sé
escribir ni leer. Por eso dibujo. Mi padre me trae pequeñas
agendas de hojas blancas, sobre las que dibujo siempre el
mismo dibujo: un círculo que quiere ser un rostro humano
y del que brotan cuatro extremidades descarnadas y secas,
como cuatro ramas de árbol en otoño.

También dibujo perros, pero me salen peor.

Mi padre escribe, traduce de un libro muy grande, y
fuma. A mí me gustaria ser mayor para fumar como él y
echar el humo hacia arriba, por encima de la lámpara, hasta
la penumbra; pero, mientras tanto, dibujo. Cuando acabo
de dibujar, abro el cajón de mi mesa y cojo un tebeo, y yo
llamo tebeos a todas las revistas ilustradas infantiles.

Como no sé leer, miro las imágenes e intento explicarme
la historia.

Todavía veo una de estas historias, dibujada en pequeños
cuadros, donde domina el color verde. Se trata de un hombre
en uniforme que recibe un papel de manos de otro hombre
en uniforme, saluda y se va; marcha a caballo por la ladera
de una montaña; lucha con su sable y se abre paso entre

un grupo de soldados; pero su caballo cae, supongo que muerto, y el hombre es hecho prisionero. Hay una habitación muy pequeña con una ventana muy enrejada y una puerta, que se abre; le vienen a buscar, avanza entre dos hileras de soldados, le despojan del uniforme; está, en camisa, con los brazos alzados por encima de la cabeza; después un grupo de soldados hace fuego y el hombre está en el suelo con los brazos en cruz.

Me paro a considerar la posición de los brazos; cuando el hombre está de pie, tiene los brazos alzados por encima de la cabeza, paralelos; cuando el hombre está en el suelo, tiene los brazos abiertos, en cruz, perpendiculares al cuerpo, Cierro los ojos y pienso que tiene que ser así, cuando a uno le matan, pues abre los brazos.

Cierro el tebeo y lo guardo en el cajón.

—¿No dibujas más?

Digo que no y me voy a jugar con María Luisa. María Luisa no siempre tiene ganas de jugar, pero nunca me manda sentarme ni estar tranquilo; en la cocina o en el cuarto de María Luisa, puedo subirme encima de las sillas y tirarme al suelo con los pies juntos; lo dificil, al caer, es quedar de pie, pero a veces lo consigo, y cuando lo consigo grito y digo:

—¡Maldita sea!

Otras veces parece que también digo:

—*Gut, gut!*

Como a mi madre le gusta la música, mi padre ha comprado un gramófono y unos cuantos discos. A mí también me gusta la música; cuando ponen en marcha el gramófono, y para ponerlo en marcha hay que darle cuerda con una manivela plateada, yo me vengo muy calladito y me siento en la alfombra.

—Al niño le gusta mucho la música —dice mi madre.

—La música amansa las fieras —replica mi padre sonriendo.

La música es buena como la sonrisa de María Luisa, a mí me gusta mucho y, aunque nadie me dice nada, yo me la explico muy bien: veo a muchos hombrecillos tocando violines y flautas, como cuando trabajé en el teatro de estrella, y luego veo caballos que corren, pájaros que vuelan, coches que cruzan, barcos que pasan.

Veo muchas cosas y todas son pequeñitas, pequeñitas.

Lo que mejor conozco es la «Marcha militar», de Schubert, que es como un grupito de soldados desfilando; y también conozco muy bien la «Novena sinfonía», de Beethoven.

Mi padre me ha contado muchas cosas de Beethoven, entre otras que era *taub*, y que era alemán, como los profesores del colegio; pero parece ser que Beethoven ha muerto ya hace muchos años.

Me gusta mucho la «Novena sinfonía», sobre todo cuando llega un momento y empieza una melodía muy triste, muy triste; mi padre dice que este momento y esta melodía se llama:

—Entrada de los violines.

Y así debe de ser: se oye a los violines que empiezan a tocar muy bajito, muy bajito... y yo me estremezco todo como si tuviera frío.

A mi madre le gustan mucho los discos donde canta alguien; a mí no; a mí me gustan los discos donde sólo hay música; por eso, cuando en la «Novena sinfonía» se ponen a cantar, yo me levanto de la alfombra y me voy con María Luisa. Y eso que cantan en alemán, pero es lo mismo, no se entiende nada.

María Luisa me pregunta:

—¿Te gusta mucho la música, Pepucho?

—Sí, *ja.*

—Cuando seas mayor ¿te gustaría ser músico?

—Nein.

María Luisa se sonríe y me deja jugar con dos patatas.

17 de julio de 1936: las tropas de Marruecos se sublevan contra el gobierno de la República. La guerra civil va a empezar.

Deben de pasar cosas muy graves por el mundo, porque mi padre está muy exaltado. Palmiro también esta exaltado, pero María Luisa no; María Luisa dice:

—Cosas de la política. Pero ya verás como no pasa nada.

Cuando soy bueno y como todo lo que me mandan, mi padre me lleva al café; mi padre habla con unos y con otros y yo me quedo silencioso porque no tengo nada que decir. Mi padre pide para mí un pastel y yo me lo como muy limpiamente y poco a poco, para que me dure más.

Mi padre dice:

—Que le den el poder a Largo Caballero; eso es lo que tienen que hacer.

—No pasa nada, no pasa nada —dice uno—; nadie les seguirá.

—Los militares son un peligro; siempre lo han sido.

—Pero esta vez no les valdrá de nada.

A mí me parece que mi padre habla más largo y más alto que todos los demás; y también me parece que cuando mi padre habla, todos los demás se quedan callados para escucharle mejor.

—Ha llegado el momento —está diciendo mi padre—; precisamente esta sublevación, o este pronunciamiento, nos obliga a la revolución; hay que armar al pueblo, huelga

31

general, ocupación de fábricas, somatenes obreros; y sobre todo, sobre todo, hay que apoderarse del gobierno...

Cuando alguien toma un helado, me regala la sombrilla. Los helados los sirven con pequeñas sombrillas de papel. Yo tengo una pequeña colección de sombrillas de papel, verdes, amarillas y rojas, y que todavía huelen a helado.

Mi padre juega al dominó; juegan entre tres, y como siempre sobran fichas, me las dejan mientras juegan: yo construyo pequeñas torres que se caen enseguida.

Hay días de angustia: mi padre y yo en el tranvía; mi padre me dice:

—Quédate quieto; en cuanto se pare el tranvía, yo voy a bajar a comprar un periódico, también te comprare un tebeo, pero no te muevas.

El tranvía se detiene y por la ventanilla veo a mi padre que compra el periódico y el tebeo; pero, de repente, sin esperar a mi padre, el tranvía se pone en marcha, mi padre se queda atrás, lejos... Estoy solo, no conozco a nadie y empiezo a gritar; asomo la cabeza por la ventanilla, alguien me sujeta porque cree que voy a tirarme de cabeza y yo veo a mi padre, que corre, que corre... pero el tranvía corre más, no, no le puede alcanzar...

Mi padre alcanza al tranvía, y me entrega un tebeo, donde viene un hombre vestido con un taparrabos y rodeado de monos.

—¿Has tenido miedo?

—Sí.

—No hay que tener miedo nunca.

—Pero papá...

—No, nunca.

Mi padre, en casa, se disfraza de fantasma con una sábana y un paraguas; corre de un lado para otro diciendo:

—Uuu... uuuuu...

Luego se quita la sábana y se echa a reír:

—¿Ves? Los fantasmas no existen. No hay que tener miedo.

Yo me río.

No, no hay que tener miedo.

Es de noche; me he despertado sin saber por qué; no tengo ganas de dormir y me revuelvo en la cama; por fin, me levanto: busco mis zapatillas en la oscuridad y las encuentro, me calzo; intento dar la luz, pero no alcanzo al interruptor; entonces, abro la puerta y avanzo por el pasillo; el pasillo, a oscuras, es más sonoro que nunca y tengo que andar muy lentamente para no meter ruido. La habitación de mis padres tiene la puerta cerrada; la intento abrir, pero a oscuras es muy difícil encontrar el picaporte; palpo por un lado y por otro, por fin tengo el picaporte en la mano y abro lentamente la puerta.

—¿Quién anda ahí? —la voz de mi padre suena muy alto, como si gritara.

—Soy yo.

Mi madre lanza un suspiro y mi padre enciende la luz.

—Pero ¿qué te pasa?

—Nada, que no puedo dormir.

Mi padre se ríe, pero mi madre está tan asustada que no puede decir nada; entonces yo le doy un beso y le digo:

—No hay que tener miedo, mamá.

Mi padre vuelve a reír.

No, no hay que tener miedo, como dice mi padre; sin embargo... por ejemplo, en el Arenal; el Arenal es un parque lleno de niños y de arena. María Luisa me lleva algunas veces al Arenal. Lo que más me gusta del Arenal es el pintor: un hombre muy joven, con un sombrero rarísimo y una blusa blanca, tiene un caballete delante y pinta. Yo le veo pintar y, a veces, tengo miedo, sobre todo al principio:

el pintor comienza a trazar líneas que yo no comprendo, líneas para arriba y líneas para abajo; después empieza a dar color; pero yo no comprendo nada y tengo miedo, no sé a qué, pero tengo miedo... el pintor pinta cosas negras que no tienen forma, que parecen una cosa, pero que luego no, no lo parecen...

—Vámonos, Pepucho.

Pero yo no me quiero ir, yo quiero saber qué es lo que está pintando el pintor; María Luisa cede y me deja mirar otro ratito; por fin, después de un momento interminable de angustia, un barco con dos chimeneas surge del lienzo inacabado.

A María Luisa le gusta más el Campo Volantín, al lado de la ría, con césped que no se puede pisar porque está prohibido. Tampoco puedo acercarme mucho a la ría, porque la barandilla, aunque no es muy baja, sólo tiene dos barrotes horizontales de hierro, y parece que es muy fácil caerse entre ellos a la ría.

Pero a mí me gustan los barcos; me parecen enormes; y los barcos son blancos y negros. Casi todos están parados; pero, a veces, hay uno que pasa por mitad de la ría y yo oigo el ruido del motor y el ruido del agua, que forma pequeñas olas.

En el Campo Volantín también hay otros niños y otras muchachas que hablan con María Luisa; a mí no me interesan mucho los niños, me parece que son muy pequeños; en cambio, me interesan las amigas de María Luisa. María Luisa se ríe porque no se puede sentar a causa del corset.

Cuando volvemos a casa, pregunto:

—¿No te quitas el corset?

Sí, María Luisa se quita el corset y yo la contemplo contento. María Luisa, con el corset en la mano, me abraza y me da un beso; luego me dice:

—Y ahora vas a cenar muy formalito.
Y yo ceno muy formalito.

El 19 de julio, Giral forma un nuevo gobierno republicano.
El general Franco, sublevado, llega a Tetuán.
El general Mola, sublevado, ataca en la Sierra.

Mi madre está muy atareada en la cocina porque viene doña Adriana, y cuando doña Adriana viene a visitarnos, mi madre hace un flan que parece un ratón, todo erizado de almendras y con dos granos de café que simulan los ojos.

—Es un erizo —dice mi madre.

—*Nein* —replico—, *das ist eine maus.*

—¿Cómo dices, niño?

—*Die maus!, die maus!* —grito.

Pero mi madre no comprende nada y me da dos almendras que han sobrado.

¿Cómo es doña Adriana? Doña Adriana es una mujer menudita, muy bien peinada y que huele muy bien; mis padres dicen que es muy guapa, pero a mí no me gusta.

Doña Adriana me quiere mucho y siempre me anda besando:

—Pepito, guapo.

Lo que más me gusta de doña Adriana son las cajas; siempre me regala cajitas de cartón que huelen como ella; en las cajas viene dibujada una dalia de color rojo. Yo juego mucho con las cajas de doña Adriana; me sirven, entre otras cosas, para guardar los lapiceros de colores y las sombrillas de los helados.

Una vez me llevaron a casa de doña Adriana; una casa pequeña como ella, toda llena de cacharros de esos que se rompen enseguida y nunca se puede jugar con ellos. Aquel día, doña Adriana me dio de merendar chocolate de almendras y me regaló dos cajas con una dalia, como las demás, pero más grandes.

Mi madre y doña Adriana se ponen a merendar: una taza de té y la tarta o el flan que mi madre dice que es un erizo. Yo ando de un lado para otro, esperando...

—Pero ¿qué quieres?

—Nada.

Me voy a la cocina y pregunto a María Luisa:

—¿Tú crees que sobrará algo?

—¿Algo de qué?

—De la tarta.

María Luisa se ríe y me dice que si no sobra nada, me dará dos pastillas de chocolate para mí solo.

Doña Adriana no para de hablar:

—Ay, Eulalia, qué cosas están pasando, qué cosas. Dicen que en Madrid están matando a muchisima gente.

—Calla, por Dios, no me lo digas.

—¿Y has oído la radio? El gobierno dice que no pasa nada, pero cuando el gobierno empieza a decir que no pasa nada, es que algo muy gordo está pasando.

—Mi marido dice que la culpa la tienen las derechas.

—Las derechas o las izquierdas, no sé, no sé... lo único que pido a Dios es que no ocurra nada, que cojan de una vez a esos militares y que los metan en la cárcel.

—Sí, sí...

Hablando y hablando, mi madre y doña Adriana se comen el pastel que parece un ratón, y yo me voy a reclamar mis dos pastillas de chocolate.

—Toma, pero prométeme que luego cenarás todo lo que te dé.

—*Ja, ja.*

Mi padre y Palmiro están con las caras casi juntas, pegados a la radio; de vez en cuando, exclaman:

—¡Canallas!

—¡Fusilarlos! eso es lo que hay que hacer, ¡fusilarlos!

Yo pienso en mi tebeo, y veo el hombre con los brazos por encima de la cabeza y luego en el suelo, con los brazos en cruz. Eso es fusilar.

—¿A quién hay que fusilar? —pregunto.

Palmiro me responde sin pensar:

—¡A todos los militares, a todos!

—Bueno, *das ist gut.*

A mí en realidad me da lo mismo que fusilen a todos los militares, o que no los fusilen; casi no los conozco: una vez vi un desfile desde el Arenal, pero había mucha gente y todos gritaban cosas incomprensibles. También se oían trompetas.

—¡Canallas! ¡Canallas!

Mi madre entra y dice:

—El niño tiene que cenar.

—No, no quiero.

—¿Cómo que no quieres?

—Déjale estar, Eulalia.

Mi madre no insiste y mi padre me manda sentar, parece un poco triste, pero me mira con ojos muy cariñosos.

—Escucha —empieza—, no sé si vas a comprender todo lo que te voy a decir, pero es lo mismo. Fíjate en esto: vivimos en una República y los militares no quieren la república, por eso se sublevan.

Yo no entiendo muy bien, retengo todas las palabras que puedo, pero no las comprendo todas.

—Los militares —continúa mi padre— son hombres que viven a costa del dinero de los demás.

—Sí —se inflama Palmiro—, todos pagamos dinero al Estado y el Estado se lo pasa a los militares.

—Nosotros —y mi padre sonríe—, Palmiro y yo, queremos que todos los hombres de España trabajen y puedan trabajar en paz, y no estamos de acuerdo con los militares.

—Ni con los curas.

—Ni tampoco con los ricos.

Mi padre parece triste, cada vez más triste; me habla como me habla siempre, lentamente, con los términos más sencillos que puede encontrar, pero yo, esta noche, no puedo comprender muy bien. Palmiro grita:

—¡Había que haber fusilado a Sanjurjo!

—Sí —reconoce mi padre—, pero de todas formas ya está muerto.

—Pero su muerte no ha servido para nada; tenía que haber sido un ejemplo. Cuando se coge al lobo hay que matarlo, mientras que ahora... —Palmiro suspira y termina—: *Campa cavallo que l'herba cresce.*

Mi madre vuelve a buscarme para cenar y yo me voy a la cocina; ceno en silencio y me dejo meter en la cama; pero tampoco hoy puedo dormirme, pienso en todos los militares y pienso en mi padre y en Palmiro.

Los nacionalistas se apoderan de Irún y de San Sebastián; llegan los primeros aviones italianos y alemanes, y se constituyen las Brigadas Internacionales.
Es verano y otoño en la España de 1936.

Estaba en el cuarto de María Luisa, mirando por la ventana, cuando han empezado a oírse los tiros. María Luisa se ha levantado de golpe y me ha cogido en brazos.

—No tengas miedo Pepucho.

Pero yo no tengo miedo.

—Son cohetes.

—*Ja.*

—¿No sabes lo que son cohetes?

Sí, sé muy bien lo que son cohetes y no me asustan nada, al contrario, me gustan mucho. Hace ya no sé cuánto tiempo, en un pueblo, no sé dónde, vi a un hombre que encendía los cohetes con un cigarrillo, y los cohetes salían por el aire.

Desde la ventana del cuarto de María Luisa, hemos visto, ella y yo, la manifestación: mucha gente gritando y gesticulando. No he entendido nada, pero gritaban muy fuerte.

Mi padre parece muy preocupado y se pasa las horas pegado a la radio; Palmiro vive casi con nosotros. Yo molesto siempre y me encierran con María Luisa; pero a mí me gusta estar con María Luisa y mirar por la ventana de su cuarto.

Hay un hombre que riega la calle, y luego vienen unos chicos y empiezan a correr, el hombre les apunta con la manga de riego, pero no les alcanza. Los chicos cantan:

La manga riega,
que aquí no llega;
si llegaría,
nos mojaría...

María Luisa parece que no sonríe como antes, yo pregunto:

—¿Te duele algo?

—No, no, Pepucho, no me duele nada.

María Luisa me sonríe para que yo vea que no le duele nada, pero no me convence.

A la hora de comer, mi padre dice una frase que se me queda como clavada en la cabeza:

—Estamos en plena guerra europea; hay muchos que no lo quieren admitir todavía, pero la verdad es que estamos empezando una guerra europea.

Mi madre se ha echado a llorar y no ha comido nada. A mí me han perdonado la siesta, y puedo charlar todo el tiempo que quiero con María Luisa.

—Estamos en guerra —le digo.

María Luisa no dice nada; está cosiendo algo y me mira fijamente, tan fijamente que me entra miedo, parece que le tiemblan las pestañas como cuando uno va a echarse a llorar.

María Luisa se ha levantado y me ha dejado solo.

Abril y mayo de 1937: los nacionalistas destruyen Guernica y comienzan el ataque a Bilbao.

Ahora resulta que tengo mucho miedo de los disparos, y se oyen disparos casi todos los días, sobre todo por la noche. Todos están un poco asustados y María Luisa no me lleva ya al Campo Volantín.

A veces también se oyen las sirenas de los barcos y entonces es cuando tengo más miedo.

Mi padre tiene que irse, no sé por qué, pero tiene que irse. Mi madre llora todo el tiempo y María Luisa anda colocando cosas en una maleta.

Acabamos de comer y mi padre me coge en brazos:

—Vas a ser bueno, ¿verdad?

—*Ja.*

—Y vas a cuidar de mamá.

—*Ja.*

—Porque ahora que me voy, tú eres el hombre de la casa.

—*Ja.*

Después me ha besado muy fuerte, casi me ha hecho daño... le he visto salir del comedor, y ya entonces, aunque andaba cerca de los seis años nada más, me di perfecta cuenta de que nunca más le volvería a ver.

Mi madre llora y María Luisa llora. Palmiro no llora, pero tiene los ojos de haber llorado.

Los nacionalistas toman Bilbao el 19 de junio de 1937.

He pasado dos días acostado, muerto de miedo, llorando porque todos lloran.

Hoy por la mañana han llamado a la puerta y María Luisa se ha puesto a gritar, pero ellos, los hombres, han entrado como si estuvieran en su casa.

Son cinco hombres, cuatro de uniforme, con correajes de cuero y con fusiles y otro vestido como todo el mundo, pero con una pistola colgando de la cintura.

—De acuerdo, de acuerdo —ha dicho uno de los hombres—ya sabemos que el señor Gracia no está.

—Ya le cogeremos —dice otro.

Mi madre se ha puesto a llorar; me tiene en brazos.

Los hombres han entrado en todas las habitaciones y han abierto todos los cajones. El hombre del pistolón ha empezado a amontonar cosas.

—Esto nos lo llevaremos.

—Pero ustedes no pueden hacer eso.

—Cállate, rica —ha replicado uno de los hombres de uniforme.

Mi madre se ha callado, pero María Luisa, no.

—Pero ¡eso es una vergüenza! Vosotros llamáis a esto un registro, pues yo lo llamo un robo, eso es lo que es, un robo.

Los hombres se han echado a reír; dos de ellos se han ido cargados con libros y con los cajones de la mesa de mi padre; otro ha cogido el gramófono.

—¡Ladrón! —ha gritado María Luisa, pero el hombre se ha sonreído, se ha acercado a María Luisa, y ha dicho con voz muy dulce:

—¡Ladrona!

El hombre del pistolón ha empezado a hacer preguntas:

—¿Dónde está su marido?

—Ya le he dicho que no lo sé.

—De acuerdo, pero ¿no tiene ni idea de dónde puede estar?

—Ninguna.

—Y tú, guapo —me ha preguntado— ¿sabes dónde está papá?

—Sí.

Mi madre y María Luisa se miran asustadas.

—Dime dónde está, anda.

—Se fue.

—Sí, se fue, pero ¿dónde?

—A matar militares.

—¡Pepucho!

—Calla, hijo, calla.

El hombre en vez de enfadarse, se ha sonreído:

—Déjenlo, déjenlo. Luego de todo, es lo normal, unos se van a matar militares, y otros, a matar rojos.

Los hombres continúan revolviéndolo todo; deshacen las camas y cambian de sitio los muebles. María Luisa no quiere que entren en su cuarto.

—Ése es mi cuarto.

—Tenemos que registrarlo.

—Podíais dejarnos en paz.

Dos de los hombres con fusil entran en el cuarto de María Luisa y yo entro detrás.

—¡Qué culpa tengo yo! —dice María Luisa.

—Y no sabías tú que tu senorito es un socialista de los más gordos.

—Y qué.

—Pues eso, que a los socialistas les ha llegado la hora, guapa.

—Y qué, digo yo —vuelve a decir María Luisa.

—Nada, guapa; si no comprendes, peor para ti... pero yo, lo que tú, me largaría de esta casa.

—No necesito consejos. ¡Y dejad mi ropa en paz!

Uno de los hombres con fusil se ríe como un tonto con el corset de María Luisa en la mano.

—¿Cabes aquí dentro?

María Luisa le arranca el corset, entonces el hombre del fusil alarga las manos y le toca las tetas.

—¡Baja las manos, cerdo!

—Qué humos.

—¡Los que tengo! Y largaos de una santa vez.

Los hombres salen del cuarto y yo me echo a llorar.

—No llores, Pepucho, ya se van.

—No es por eso, no es por eso... es porque te han cogido el corset.

—Pero si no me lo han cogido, tonto, míralo, está aquí.

Pero yo no quería decir eso, quería decirle a María Luisa que aquel hombre, con sus manos, había herido toda mi admiración por ella y por su corset. Quería explicar que aquella prenda, el corset, para mí, sólo podía estar en manos de ella, de María Luisa, pero... ¡Cómo iba a explicar todo esto a mi edad!

Los hombres continúan desvalijando la casa: se llevan los libros, los discos y algo de ropa. María Luisa continúa protestando.

—Os daremos recibo —dice uno de los hombres con fusil.

Por fin se van y nosotros nos quedamos llorando abrazados.

A la hora de comer vuelven a llamar a la puerta y María Luisa entra llorando:

—Se llevan a Palmiro, se lo llevan... y quiere despedirse del niño.

Alguien me coge en brazos y me deja en brazos de Palmiro; Palmiro está rodeado de gente con fusiles y me besa.

—*Arrivederci,* Pepito, *bambino mio...*

—*Auf viedersehen*, Palmiro.

—No, no... dime *arrivederci*.

—*Arrivederci*.

Me vuelven a coger en brazos y Palmiro desaparece de mi vista.

Mi madre y María Luisa arreglan la casa y lloran.

Por la noche llega un señor vestido de uniforme, un militar.

Mi madre no parece muy asustada.

—Vamos a ver si me explico —dice el militar—; sé perfectamente quién es su marido, y comprendo lo que debe usted de estar pasando, señora, pero a mí me han dado su domicilio como alojamiento y no puedo dormir en la calle. Procuraré molestar lo menos posible, no puedo pagarles porque no tenemos dinero, pero les he traído, y les traeré siempre que pueda, un poco de condumio.

Mi madre sonríe y María Luisa también.

—Tampoco quiero que me miren como me han mirado al entrar; no soy enemigo de nadie, y menos de ustedes... me ha tocado estar enfrente y eso es todo.

El militar se llama don Anselmo, y a pesar de ser militar, parece muy bueno; a mí me trae caramelos y chocolate. Don Anselmo duerme en mi habitación y yo duermo con mi madre.

Un día mi madre se echa a llorar de nuevo; don Anselmo, muy serio, está diciendo:

—... nada por él, señora, créame, absolutamente nada... si fuera un prisionero de los nuestros, todavía, pero lo tienen ellos, los italianos... y tienen ordenes muy precisas, no podemos hacer nada.

—Pero no pueden matarle... es imposible... es imposible...

Don Anselmo se encoge de hombros y dice:

—Yo no puedo hacer nada, señora, ni siquiera dar falsas esperanzas.

Me voy corriendo a buscar a María Luisa:

—María Luisa, María Luisa, van a matar a Palmiro.

—No, no, no lo van a matar... tú no sabes nada.

Pero yo lo he comprendido todo; los mayores creen siempre que se puede hablar delante de los niños porque los niños no comprenden, pero yo había comprendido muy bien que mi madre y don Anselmo hablaban de Palmiro; y aunque no pronunciaran su nombre supe enseguida que lo iban a matar.

Lo mismo ocurrió un par de semanas más tarde; nadie me dijo nada, pero yo supe que a Palmiro lo habían fusilado.

—Le han matado ya, ¿verdad? —pregunte a María Luisa.

María Luisa me abrazó llorando y en lugar de responder, me dijo:

—Pepucho... Pepucho guapo...

En julio de 1937 se da la batalla de Brunete, y el 26 de agosto los nacionalistas conquistan Santander.

La guerra continúa; por la calle se ven camiones llenos de soldados que cantan canciones que yo no he escuchado nunca.

Don Anselmo nos trae de comer porque mi madre tiene muy poco dinero. María Luisa también trae cosas de comer.

—Yo tengo a mis padres —dice María Luisa—, buena gente, aldeanos de siempre, como yo.

María Luisa va a verlos de vez en cuando; está casi un día entero fuera de casa, pero cuando vuelve, trae siempre un cesto cargado de provisiones. María Luisa parece contenta.

María Luisa me ha sacado de paseo; nos hemos ido de la mano por la orilla de la ría y yo me he asustado mucho porque he visto un puente destrozado, partido por la mitad; también he visto algunos barcos hundidos, pero no hundidos del todo: a uno se le veía muy bien la chimenea casi llena de agua.

—Mira, mira.

—Sí, Pepucho, ya veo.

—¿Han muerto muchos?

—No, nadie; no ha muerto nadie; se salieron del barco y luego lo hundieron.

Yo no sé exactamente qué cosa es morir; sé, eso sí, que Palmiro ha muerto y que nunca más lo volveré a ver, pero esto no tiene importancia, porque ya lo dice mi madre:

48

—Palmiro era muy bueno; tenía sus cosas y no podía ver a los curas ni en pintura, pero seguro que está en el cielo.

Sí, Palmiro está en el cielo, y yo le veo así: en un cielo lleno de nubes y oyendo la radio, y de vez en cuando, se exalta y grita:

—¡Canallas!

María Luisa no quiere pasear más y damos la vuelta, camino de casa. Cuando volvemos, un par de soldados se nos acerca:

—¡Guapa!

—¡Guapa!

María Luisa no dice nada, se pone muy seria y apresura el paso.

—Espera —dice uno de los soldados—. ¿Dónde vas tan deprisa?

—¿No quieres hablar con nosotros? —pregunta el otro.

María Luisa me arrastra.

—Total —continúa uno de los soldados—, un día de estos nos ganaremos un tiro en la cabeza.

—Sí, nos vamos esta noche.

María Luisa se detiene un momento:

—Que tengáis suerte.

Los soldados sonríen, uno de ellos me pasa la mano por la cabeza y dice:

—Yo me he dejado un hermano como este chico, allá, en Castilla.

—Yo también soy castellano, pero tú eres vasca, ¿verdad?

—Sí.

—Ya me parecía a mí. Nos dijeron que las vascas eran muy guapas y es verdad, pero que muy verdad.

—Gracias.

—¿Te podemos acompañar?

—Tengo prisa.

—Pues te acompañaremos deprisa.

Uno de los soldados se pone al lado de María Luisa y el otro me da la mano. Seguimos andando, los soldados cuentan:

—Estuvimos en Irún y en San Sebastián; tuvimos suerte porque murió mucha gente. Después, antes de llegar a Bilbao, nos llevaron cerca de Madrid, a un sitio que lo llaman Brunete, y allí sí que oímos tiros.

—Luego nos trajeron a Bilbao y esta noche salimos para Santander.

—¿A Santander?

—Bueno, a tomar Santander, eso nos han dicho, porque Santander todavía no es nuestro, claro que... —y luego de un momento el soldado pregunta— oye, tú no serás nacionalista vasca ¿no?

—No, yo no soy nada.

—Nosotros tampoco somos nada, somos soldados.

—Eso es —dice el otro—, soldados nada más.

Yo oigo y callo; no tengo ganas de hablar porque tengo miedo; sé que mi padre está en Santander, un amigo nos lo ha dicho hace unos días:

—Pepe está en Santander, está bien y os envía muchos abrazos.

Mi madre empezó a hacer preguntas, pero el amigo dijo:

—No sé nada; lo vi un momento nada más, no tuvo tiempo ni de escribiros; iba en un coche, se paró, hablamos, nos dimos un abrazo, eso fue todo.

Ahora los soldados hablan de Santander, y yo no quiero que vayan a Santander porque en Santander está mi padre.

Los soldados nos acompañan hasta la puerta de casa; uno de ellos le pregunta a María Luisa:

—Si te escribo, ¿me contestarás?

No sé lo que responde María Luisa porque yo he empezado a subir las escaleras. Las blancas y frías escaleras de nuestra casa; pero María Luisa me alcanza enseguida, y los dos juntos entramos en el comedor.

Doña Adriana, sentada frente a mi madre, habla sin parar:

—Le conozco muy bien —está diciendo—, mi Gerardo me había hablado de él más de una vez; y en el círculo no le podían ni ver, y con razón, porque ya ven ustedes lo que ha hecho... si no llega a ser por él, no entran nunca en Bilbao; Bilbao estaba bien defendido; nosotros somos muy pacíficos, no atacamos a nadie, pero cuando nos toca la hora de defendernos, nos defendemos muy bien... y el Cinturón de Bilbao era inexpugnable, no lo digo yo, lo dicen todos, los que entienden como los que no entienden... pero tenía que haber un Judas y tenía que ser Goicoechea... y él sabía muy bien todo, estuvo dirigiendo parte de la construcción, de las fortificaciones, y por eso se dejó de fortificar los puntos que él quiso, lo tenía todo preparado, y precisamente por donde no había suficientes defensas, por allí entraron; por eso no ha habido batalla de Bilbao, digan lo que digan, porque Goicoechea nos ha traicionado...

Me voy con María Luisa a su habitación. María Luisa se ha quitado el corset y se frota las piernas con las manos.

—Estoy un poco cansada, ¿y tú, Pepucho?

—Yo no.

—Pues hemos andado mucho.

Yo no digo nada, porque ¿cómo le voy a decir que no me gustaron los soldados y que no quiero que vayan a Santander?

Además, quizás, a María Luisa le ha parecido bien hablar con los soldados, y a lo mejor se van a escribir y todo.

—¿Estás triste, Pepucho?

Yo me he puesto a mirar por la ventana: al final de la calle, entre dos esquinas, se acercan las sombras de la noche.

—¿Estás triste, Pepucho?

—Sí, quiero ver a papá.

—Ya lo verás, ya lo verás.

¿Quién me ha dicho que ya no lo veré más? ¿Quién me ha dicho que mi padre se fue para siempre? Quizás haya soñado con mi padre de la misma manera que sueño con Palmiro; quizás le veo también en el cielo al lado de su amigo, oyendo los dos la radio.

Don Anselmo me ha sacado de paseo; dice que los niños no tienen que estar tanto tiempo encerrados en casa, y me ha llevado al Campo Volantín: he vuelto a ver niños y barcos; había unos niños jugando con un perro de goma de color azul. Don Anselmo se ha sentado a leer el periódico y me ha dicho:

—Anda a jugar.

He jugado con el perro de goma y los niños; lo mejor del perro de goma, según me ha explicado uno de los niños, es que se puede llenar de agua y luego, apretando, el perro se pone a orinar; pero como no tenemos agua, nos hemos tenido que contentar con pasearlo; los niños estaban con su muchacha y yo me he acordado de María Luisa.

Luego me he quedado solo, no sé cómo, y me he puesto a contemplar los barcos. El agua es negra, como siempre, y sucia, pero María Luisa dice que es un agua muy buena para pescar angulas.

Los barcos parecen silenciosos.

A mí me hubiera gustado tener un barco como éstos, de verdad; y navegar por la ría, arriba y abajo, hasta el puente colgante de Deusto y hasta el Arenal; aunque yo no estoy muy seguro de si la ría llega hasta el Arenal, pero creo que sí.

—¿Te gustan los barcos? —me pregunta don Anselmo.

—*Ja.*

—Un día te llevaré a visitar uno.

Sí, mi padre también me prometió lo mismo, y Palmiro; todos me dicen siempre que me van a llevar a un barco, pero nadie me lleva.

El 20 de octubre de 1937, los nacionalistas conquistan Gijón.

Estamos en el comedor, mi madre y yo, esperando a don Anselmo. Mi madre está muy nerviosa, no ha podido dormir en toda la noche y no ha comido nada. María Luisa tampoco ha comido nada, pero me ha obligado a comer.

—Tienes que comer.

—*Aber meine mutter essen nicht.*

—¡Come y calla!

Y he comido.

Cuando ha llegado don Anselmo, mi madre le ha mirado y enseguida se ha echado a llorar.

—No llore, no llore. No traigo buenas noticias, pero tampoco traigo malas.

—Está herido.

—No, está preso.

Mi madre se ha levantado de la mesa y de pie, con los brazos sobre el aparador, se ha puesto a llorar de nuevo; esconde la cara entre las manos, pero llora mucho, mucho.

—¡Mamá!

Yo también me he puesto a llorar y María Luisa y don Anselmo nos consuelan como pueden.

—Está preso, le cogieron en la retirada de Santander; pero no está herido, no le pasa nada; absolutamente nada.

Luego me encierran en el cuarto de María Luisa, y yo corro a echarme en su cama para llorar más a gusto. No tengo miedo, pero como todo el mundo llora, yo también tengo ganas de llorar.

Más tarde llega tío Alberto.

Tío Alberto está casado con una hermana de mi madre que se llama tía Concha; es un hombre bajito, un poco calvo, con gafas, que parece muy bueno. Tío Alberto también está en la guerra porque todos están en la guerra. Cuando llega, me viene a ver:

—¿No te acuerdas de mí?

No, no me acuerdo, me parece que es la primera vez que le veo.

—Has crecido mucho. Hace dos veranos estuvimos todos juntos en Algorta, ¿no te acuerdas?

¿Algorta? Sí, recuerdo una playa y el mar, y casetas de mimbre amarillo donde se desnudaban las personas mayores; y luego los baños, yo tenía mucho miedo del agua, pero mi padre me cogía en brazos y se metía conmigo en el mar; una vez dentro, me soltaba diciendo:

—¿Ves? No hay que tener miedo.

—¿No te acuerdas de Albertito, y de Luisa, y de Juan? —continúa tío Alberto— ¿No te acuerdas de tus primos?

No, no me acuerdo de nada. Mi tío Alberto continúa preguntando, pero como no le respondo, acaba por dejarme en paz e irse a hablar con mi madre.

—Estoy intentando venir a veros desde que se liberó Bilbao; pero no he conseguido permiso. En Santander me enteré de lo de Pepe y me he escapado. Mañana mismo tengo que volver.

—¿Y no puedes hacer algo?

—Estoy haciendo todo lo que puedo; como podrás comprender, no paro ni un momento. He escrito a Muñoz Grandes, he visto a mi coronel, he movilizado todas mis amistades; si es necesario, llegaré hasta el mismísimo

Franco; puedes estar tranquila, no sé lo que lograremos, pero por mí no va a quedar.

—¿Y qué dicen? ¿Qué dicen?

Tío Alberto piensa un momento antes de contestar, se quita las gafas y se las vuelve a poner:

—Tú sabes que Pepe...

—No, yo no sé nada... yo quiero que le suelten, yo quiero que le suelten...

—Tú sabes que Pepe tenía un cargo político dentro del partido socialista.

—Y qué... y qué...

Mi madre parece excitada.

—Si hubiera sido militar solamente, todo hubiera sido más fácil.

—Pero a mí no me importa lo que ha sido Pepe, yo quiero que le suelten.

Mi madre se echa a llorar de nuevo y tío Alberto parece confuso.

—Eulalia... mujer, no llores... te juro que haré lo imposible.

—No, no podrás hacer nada... no podrás hacer nada, lo sé... lo sé.

Tio Alberto ha continuado hablando un buen rato:

—... en cuanto a Concha... puedes suponerte lo que está pasando; no quiere que te quedes aquí ni un momento; cuando recibió tu carta, la única carta que nos llegó, como ya te dije, se puso enferma... después he intentado venir a buscaros, no podía moverme y, por eso, por medio de Joaquín, te envié a decir que...

—Sí, ya lo sé, ya lo sé.

—Piénsalo bien, Eulalia, aquí no os podéis quedar. Piensa sobre todo en el niño, en Bembibre podrá seguir comiendo, aquí todo son dificultades... además, aquí sois una familia señalada, nunca conseguiréis nada... Concha quiere que vayáis, que no esperéis ni un momento más.

Mi madre suspira y tío Alberto habla; yo me voy con María Luisa.

—Tío Alberto quiere que nos vayamos no sé dónde, y papá está preso.

—Ya lo sé, Pepucho, ya lo sé. ¿No quieres volver a ver a tus primos?

No, al que quiero volver a ver es a mi padre, pero yo sé que es imposible y por eso no digo nada.

—Tu madre —continúa María Luisa— quiere que tú te quedes aquí, conmigo, y ella se irá con tío Alberto para ver a tu padre.

Mi madre y tío Alberto se han ido y yo me he quedado solo con María Luisa. Don Anselmo viene muy poco por casa y ya no me ha vuelto a sacar de paseo.

María Luisa me ha acostado en la cama de mis padres y ha apagado la luz, pero yo no puedo dormir; pienso en mi padre y pienso en mi madre, me siento solo, tengo ganas de llorar, pero no tengo miedo.

Me levanto en la oscuridad y me dirijo al cuarto de María Luisa; no puedo dormir solo, quiero dormir con María Luisa.

Abro la puerta e inmediatamente se me olvidan las ganas de llorar. La habitación de María Luisa, a oscuras, huele más a María Luisa.

—¡María Luisa, María Luisa!

—¡Pepucho!

Me acerco y me subo a su cama, a tientas le busco el cuerpo y María Luisa me abre los brazos. María Luisa tiene el cuerpo caliente y muy fino, me acurruco contra ella y María Luisa me abraza muy fuerte, muy fuerte.

—Pepucho... mi Pepucho...

Se está bien con María Luisa, me besa y me abraza, y me abriga muy bien para que no me enfríe, y, a pesar de la oscuridad, yo sé que María Luisa está sonríendo.

—Déjame dormir contigo.

—Pues claro que sí, pues claro que sí... no pienses más; anda, ahora vas a dormir como un buen chico que eres.

María Luisa me tiene en brazos, sobre ella, y me mece como he visto que mecen a los bebés.

—María Luisa...

—Qué...

—Si quieres...

—Qué... dime...

—Quiero que me cuentes el cuento.

María Luisa vuelve a sonreir, estoy seguro, me besa y empieza a contar el cuento del pobre leñador y de la voz misteriosa. Y ahora aquí en la oscuridad y junto a ella, el cuento me parece más bonito que nunca y me duermo contento, muy contento.

Los días se vuelven tristes, llueve, y desde la ventana del cuarto de María Luisa veo la calle mojada. Doña Adriana ha venido a verme y me ha traído un paquete de peladillas. Don Anselmo también me regala cosas: chocolatinas, tebeos y una locomotora pequeñita que ya tiene la cuerda estropeada.

Ando en coche por el pasillo, pero no he vuelto a entrar en la habitación donde mi padre escribía y yo dibujaba; además, ya no tenemos gramófono ni discos.

María Luisa está todo el tiempo conmigo y me habla: me dice que mis padres van a venir muy pronto y que todos pasaremos las Navidades juntos.

Un día le pregunto si no vuelvo al Colegio Alemán y María Luisa me dice que el colegio está cerrado porque hay guerra.

Ahora me acuerdo mucho del Colegio Alemán; sé que no voy a volver nunca, pero lo recuerdo: me gustaría volver a jugar con aquel chico que tenía el cuello largo y que era el único al que le prestaba mi revólver; me gustaría volver a ver la cara de *fraulein* Grete con sus medias color salmón y su libro abierto en las manos.

—*Das ist ein bleistift.*

Ha llovido mucho, el cielo está plomizo y los coches pasan negros y brillantes. El Arenal está solitario. María Luisa me lleva de la mano; como empieza a llover de nuevo, nos metemos en una iglesia, la iglesia de San Nicolás, según me dice María Luisa, pero a mí no me gusta la iglesia, está todo oscuro, huele a mojado y luego hay luces pequeñas y a lo lejos. A la salida, María Luisa me dice:

—Vamos a dar una vuelta.

Más tarde me señala un edificio:

—Ésta es la Diputación.

La Diputación es una casa muy grande, con muchas estatuas, pero el color es muy oscuro, casi negro.

—¿Quieres que pasemos el puente de la chiquita?

Es un puente de hierro, muy estrecho y muy alto; a mí me gusta mucho tener que pagar una chiquita para poder pasar.

Desde el puente se ve muy bien la ría, y la ría parece más grande y más ancha.

María Luisa me lleva también a un parque donde hay pavos reales que despliegan la cola y dan vueltas lentamente. Tenemos que esperar mucho tiempo para ver a un pavo con la cola desplegada, pero, al fin, uno de ellos se decide a enseñarme la cola.

—Mira, mira qué bonito.

No quiero decir nada por no disgustar a María Luisa, pero a mí los pavos reales no me gustan nada.

Noviembre de 1937, los nacionalistas ocupan todo el frente asturiano.

Hace unos días que mi madre y tío Alberto han vuelto. Mi madre está muy delgada y vestida de negro; no habla con nadie, ni siquiera conmigo, se pasa las horas encerrada en su habitación, y cuando yo la voy a ver, siempre me dice lo mismo:

—Anda, guapo, vete a jugar.

A veces se me pone delante, me mira de una manera muy rara y, de repente, me abraza y se echa a llorar. Yo no pregunto nada porque lo sé todo.

Sé que mi padre no volverá nunca.

Don Anselmo también está muy triste, sólo María Luisa me sonríe.

—Mira —me dice—, mañana te vas a venir conmigo.

—*Gut*.

—Iremos a ver mis padres, lo pasarás muy bien.

—*Gut*.

Salimos muy de mañana; yo estoy medio dormido; viajamos en tranvía y en tren; llegamos a una plaza mojada, con árboles; María Luisa me lleva de la mano.

—Ven por aquí.

Los padres de María Luisa son muy gordos y muy arrugados; el padre lleva boina y fuma en pipa, la madre lleva un pañuelo en la cabeza; los dos me besan y me dan un vaso de leche y un bollo grande y caliente.

Los padres de María Luisa hablan una lengua que se llama vasco y que no se entiende nada; María Luisa también habla vasco y yo la miro detenidamente: me parece la misma y no me parece la misma, mueve la boca de otra manera; pero cuando sonríe, María Luisa es la María Luisa de siempre.

Como he acabado mi vaso de leche y mi bollo, deciden darme otro vaso de leche y otro bollo; después me llevan a una habitación donde hay dos niños de mi edad, y nos dejan solos. Los niños no saben hablar como los demás y me preguntan cosas, yo no contesto; entonces uno de ellos saca su pililín y me mea; yo me enfado mucho porque soy muy cuidadoso con mi ropa, y le doy una bofetada en mitad de la cara.

A los pocos momentos nos estamos pegando, arañando y mordiendo. Como gritamos mucho, María Luisa abre la puerta y nos riñe a los tres, dice que tenemos que ser buenos, y lo dice en castellano y en vasco.

María Luisa se va y nosotros nos quedamos tranquilos. Los niños no saben jugar a nada y están todo el tiempo tirándose por el suelo; tienen un coche de hoja de lata, pequeñito y todo abollado.

María Luisa y yo nos volvemos después de comer. María Luisa lleva una cesta que pesa mucho y yo tengo sueño, no sé por qué, pero tengo mucho sueño; he comido mucho y hasta he bebido un poco de vino que me dio la madre de María Luisa, la mujer que lleva un pañuelo negro en la cabeza.

Cuando llegamos a casa, tío Alberto le está diciendo a mi madre:

—He conseguido un camión de Intendencia; tenemos tres días por delante; yo no podré acompañarlos, pero el chófer es de confianza.

Mi madre no dice nada, tiene los ojos mirando al suelo y parece como si todo le diera lo mismo.

—Preparar —dice tío Alberto— tenéis tiempo de prepararlo todo; el viaje será un poco largo y no muy cómodo, pero todo es preferible a continuar aquí; aquí yo no os puedo ayudar, y don Anselmo tendrá que irse un día u otro; ya sabes cómo son estas cosas, los destinos se cambian todos los días....

Mi madre dice que sí con la cabeza, se ve que no tiene ganas de hablar, pero mi tío Alberto sí tiene ganas de hablar:

—Anímate, mujer, tienes que hacer frente a la vida; acuérdate de lo que nos dijo Pepe...

Mi madre empieza a llorar.

—Tienes que cuidarte y cuidar al niño, la vida continúa...

Tío Alberto se marchó aquella misma noche; al despedirse de mí, me dijo:

—Os vais a ir con los primos, ¿no te acuerdas de ellos?

¡Y dale con que si me acuerdo o me dejo de acordar! Yo no me acuerdo de nadie.

—A la abuela Vicenta —continúa mi tío Alberto— no le gustan los niños pequeños porque se pasa la vida rezando, pero cuando ya son mayores como tú, le gustan mucho.

A tío Alberto se le saltaban las lágrimas cuando se despidió de mí.

Luego nos hemos pasado dos días preparando maletas y bultos. Surgió la cuestión de mi coche amarillo; yo veía que ni María Luisa ni mi madre se acordaban del coche para nada, y procuraba andar en coche todo el tiempo, pero ellas, nada...

—Mi coche...

—Qué le pasa a tu coche.

—Quiero llevármelo.

—No puede ser —me dijo mi madre; yo me eché a llorar, entonces mi madre me cogió en brazos y empezó:

—Mira, guapo, la casa donde vamos a vivir es la casa de la abuela y a la abuela no le gustan los ruidos. Si tú te presentaras allí con tu coche, la abuela se enfadaría.

Empiezo a hacerme una idea de lo que debe de ser *meine grossmutter*, pero no cedo:

—Yo quiero mi coche.

—Pero no puede ser, cielo, no puede ser.

—Yo quiero mi coche.

—El coche se quedará aquí, bien guardadito, y cuando volvamos lo encontrarás como lo dejaste.

Yo lloraba:

—Mi coche... mi coche...

Lo peor fue cuando mi madre, queriéndolo arreglar todo, lo acabó de estropear:

—María Luisa lo cuidará muy bien.

De golpe me di cuenta de que me iban a separar de María Luisa y me quedé desesperado: me tiré al suelo, pataleé, grité en dos idiomas y, harto de llorar, me acurruqué en el pasillo. Todo había terminado para mí, todo; primero fue papá y Palmiro, después María Luisa; todo estaba en contra mía y yo no podía nada.

Por primera vez me daba cuenta de mi pequeñez, de mi debilidad: yo no era nadie, tenía seis años, seis años nada más, cuando los demás tenían veinte o cuarenta o más; yo no podía nada porque era pequeño, no podía ni siquiera decir *mi coche*, porque mi coche se iba a quedar allí, en Bilbao, lejos de mí. Yo era tan pequeño que tenía que vivir pegado a los demás como un bebé, como uno de esos niños pequeños, de color rojo y que huelen a pis.

Ante tanto desastre, sólo me quedaba un consuelo: un día yo sería mayor, como ellos, como todos los demás, y ese día nadie podría quitarme el coche ni quitarme a María Luisa. Cuando yo fuera mayor no dejaría a los demás, ni siquiera a mi madre, decirme haz esto o haz lo otro, sería yo quien mandase: como el *herr direktor* de mi colegio, como el chico aquel de cuello largo, al que yo prestaba mi revólver y era capitán.

Pero, por el momento, yo era pequeño, yo era un niño, eso es lo era yo era, un niño de seis años; y ahora lo perdía todo, y me llevaban no sé dónde, a casa de una abuela que no quería ruido.

Nos vamos a marchar. Está amaneciendo, por las ventanas entra una luz lechosa y sucia que me sorprende por lo nueva. Tengo frío; María Luisa se levanta de la cama y me besa, está llorando. Ha llegado un hombre vestido de azul, entre él y María Luisa empiezan a bajar maletas y bultos.

Yo estaba a la mesa, y María Luisa de pie, frente a mí, me miraba llorando.

—Acuérdate de mí, Pepucho... acuérdate de mí...

Claro que me acordaré, claro que sí.

—Tienes que pensar muchas veces en mí —me dijo María Luisa— y así no te olvidarás.

Estas palabras de María Luisa las recuerdo muy bien porque me las he repetido muchas veces y las he practicado siempre. ¡Acordarme de María Luisa! Acordarme de su sonrisa tranquila y alegre, de sus muslos blancos, de sus hombros redondos, de su corset negro y del calor y el olor de su cuerpo. Acordarme de María Luisa y de su manera de decir:

—Pepucho... Pepucho...

O de cómo me contaba el cuento de las manos negras y de la voz misteriosa.

Siempre, siempre me acordaré de María Luisa, pero ahora no puedo recordar la última vez que la vi. ¿Cómo se despidió de mí? ¿Cuál fue su último beso y sus últimas palabras?

Me veo en la cabina del camión, sobre las rodillas de mi madre y al lado el hombre vestido de azul. La cabina huele a gasolina y, a través del parabrisas, veo luces que vienen, que llegan, que pasan, que se quedan lejos... Primero casas oscuras, luego árboles y después montañas.

Cuando amanece del todo, las montañas son verdes. Mi madre me da un poco de pan y chocolate, y yo comienzo a darme cuenta de las cosas.

Estoy viajando: voy en una camioneta con mi madre. Hasta ahora he estado un poco dormido, pero desde este momento no quiero dormirme, quiero tener los ojos bien abiertos para verlo todo y darme cuenta.

Pasamos por un pueblo lleno de soldados con boina colorada; hay muchos coches parados y también un camión, los hombres llevan capotes grises, muy amplios.

—Son de las Brigadas Navarras —dice el chófer—, don Alberto también está en las Brigadas Navarras.

—Sí —dice mi madre.

El don Alberto del que habla el hombre vestido de azul debe de ser tío Alberto.

—Han hecho una campaña muy dura —continúa el hombre—, son unos valientes.

—Sí, unos valientes —vuelve a afirmar mi madre.

Pasamos a un grupo de soldados a caballo; me doy cuenta de que está lloviendo, porque los hombres llevan subidos los cuellos de los capotes. También hay otros soldados que marchan a pie, uno detrás de otro, cargados con bultos como si fueran de excursión y con fusiles, todos con fusiles.

Nos mandan parar una y otra vez; pero el chófer enseña un papel muy doblado y nos dejan marchar. Una vez, un soldado, al abrir la portezuela de la cabina, grita:

—¡Viva España!

No comprendo muy bien por qué hay que decir *viva España*, en lugar de decir *guten morgen* o *guten tag* como dice todo el mundo.

Me vuelvo a dormir, recuesto la cabeza sobre el pecho de mi madre y entorno los ojos.

—Tengo que pensar muchas veces en María Luisa —me digo—, porque si no pienso, se me olvidará.

Y me pongo a pensar con todas mis fuerzas: en María Luisa y en nuestra casa de Bilbao, y en mi coche amarillo, que se ha quedado lejos, y todo porque esa *grossmutter* que no conozco no aguanta el ruido.

Me despiertan los gritos de los soldados. El camión avanza entre dos hileras de boinas coloradas y los soldados cantan. Hay un soldado que lleva una bandera: la bandera está bastante plegada, pero es una bandera nueva para mí, es roja y amarilla, pero roja, amarilla y roja otra vez; no es como todas las demás banderas que he visto, como las banderas de Bilbao, que eran rojas, amarillas y moradas.

La carretera está desierta y el camión corre, a mí me parece que el camión corre mucho. Ya no se ven montes ni a derecha ni a izquierda, el campo es llano e igual, como en el mar.

—Estamos en Castilla —anuncia el chófer.

Yo miro Castilla y Castilla me parece muy grande.

El chófer ha empezado a hablar:

—... había rojos por todas partes; los italianos decían que había que tomar precauciones, y que lo mejor era esperar a que viniera la aviación, pero en medio del monte, con niebla todas las mañanas, de qué hubiera servido la aviación, ¿no le parece?

—Sí, claro.

—Había un oficial italiano, parece que todavía le estoy viendo, con un bigote enorme que decía: *avanti, avanti...* y los italianos echaron a correr monte arriba como diablos; nosotros, desde abajo, los vimos subir con las bayonetas caladas... y después, arriba, tiros y más tiros... sí, se portaron muy bien los italianos, pero una cosa es conquistar una posición, y otra muy diferente, acabar con los rojos, ¿no cree usted?

—Sí, claro que lo creo.

—En Asturias, sin ir más lejos, bueno, pues a pesar de que ya no hay frente, pues dicen que hay cerca de veinte mil rojos por los montes. Y no lo digo yo, lo dice el comandante Suárez, que es del Estado Mayor, y el otro día estaba hablando con mi coronel... quieren reforzar las patrullas de vigilancia de las carreteras.

Otro pueblo. Un pueblo enorme y triste: con las casas silenciosas y sin luces. Un hombre y un par de mulas, el hombre se nos queda mirando y levanta una mano, saludando. Una plaza sin árboles donde hay varios carros y un perro.

La carretera otra vez: una carretera recta que no se sabe dónde va a acabar; y no hay árboles, ni casas, ni gente.

Es ya por la tarde; ha anochecido y yo me he vuelto a dormir; el olor a gasolina y el ruido del motor me dan sueño. Mi madre me despierta:

—Estamos en León.

Yo, no sé por qué, me restriego los ojos buscando un león; pienso que tiene que haber un león, aunque sea de estatua, en alguna parte, y lo quiero ver, no quiero dormirme de nuevo.

Calles y calles, muchas luces y muchos coches.

—Mira allí, la catedral.

Pero yo no veo nada, yo continúo buscando mi león. El camión se detiene un momento al lado de un surtidor de gasolina, y mi madre y yo bajamos. Hay un puente y el agua, allá abajo, está ya oscura. Me acuerdo del Puente de la Chiquita y de María Luisa y me echo a llorar. Tengo frío y hambre, pero no lo quiero decir, estoy triste, sólo quiero llorar.

El camión ha encendido los faros y la carretera aparece delante de nosotros, recta, sin fin. Hay árboles pintados de blanco. La carretera, a trechos, parece más brillante. Hay casas cerradas y luces a lo lejos.

Me vuelvo a dormir porque estoy triste y desesperado.

—Ya estamos llegando, despiértate.

Estoy muy cansado, no quiero despertarme ni hablar, quiero dormir, pero quiero dormir en una cama.

El camión está parado y hay gente que habla, me besan, me cogen, me dejan un momento en el suelo y me vuelven a coger, me suben por unas escaleras que crujen, hay una cama abierta, me desnudan, me meten en la cama, me vuelven a besar, me duermo, *guten nacht, schlafen sie wohl...*

Me desperté mucho tiempo después: allí, en aquella cama desconocida y caliente, de lo primero que me di cuenta fue de que no dormía solo; alguien a mi lado me daba patadas y refunfuñaba.

Me volví a dormir sin poder pensar en nada ni en nadie, ni siquiera en María Luisa.

Me ha despertado mi compañero de cama:

—¿Tú eres el primo Pepito, a que sí?

—*Ja.*

—Yo soy Juan.

Juan es un niño como yo, pero más rubio, tiene la cara llena de pecas y los ojos medio cerrados de sueño; me mira como si yo fuera una persona mayor y me dice:

—¿Vamos a ver a Luisa?

Nos levantamos, a mí me duele todo el cuerpo, pero me tiro de la cama.

La habitación huele de una manera muy rara; no huele como la mía ni como la de María Luisa.

—Ven, ven.

Salimos a un pasillo de madera y entramos en otra habitación. En una cama hay una niña dormida; una niña que se parece a Juan, pero que tiene el pelo más largo, como las niñas.

—Vamos a despertarla.

—Bueno.

Juan la tira del pelo y la niña se despierta.

—Déjame... déjame, bruto...

Pero Juan insiste:

—Mira, ha venido el primo Pepito de Bilbao.

—¿Tú eres Pepito?

—*Ja.*

—Dame un beso.

Nos damos un beso.

—Tía Eulalia también ha venido —dice Juan— llegaron anoche.

Juan y yo nos metemos en la cama de Luisa y nos ponemos a hablar.

—¿Hay guerra en Bilbao? —pregunta Luisa.

—Sí, hay guerra, han roto el puente, por la mitad, completamente roto —explico.

—¡Un puente roto! —exclama Juan.

—¿Y nadie puede pasar? —pregunta Luisa.

—Pero hay otros puentes. Hay el Puente de la Chiquita, pagas una chiquita y pasas.

—¿Qué es una chiquita?

—Pues una perra chica.

Juan me mira con admiración y dice:

—¡Debe ser grande Bilbao!

—Sí —afirmo—, *kolossal*.

—Tiene que ser —añade Juan— lo menos, lo menos... como dos veces Bembibre.

—Más —digo yo que no conozco Bembibre—, más, mucho más.

Se ha abierto la puerta y ha entrado un chico vestido con pantalones largos como las personas mayores. Al principio no me doy cuenta, pero luego veo que se parece mucho a mi tío Alberto.

—¿Qué hacéis vosotros?

—Es Pepito, el primo de Bilbao.

El chico del pantalón largo se me queda mirando y me sonríe:

—Así que tú eres Pepito.

—*Ja.*

—Bueno, yo me llamo Alberto, el primo Alberto.

—Es el mayor —me explica Juan.

Sí, se llama Alberto, claro, como mi tío Alberto, pero mi tío Alberto lleva gafas y es calvo; en cambio, Alberto tiene mucho pelo.

—Pepito dice —cuenta Luisa— que en Bilbao hay un puente roto porque hay guerra.

Alberto nos mira como se mira a los niños:

—Hay guerra en toda España, pero a los rojos les estamos dando una buena paliza. Eso es.

Alberto no me gusta, habla como los mayores, y todo porque lleva pantalón largo. Se ve enseguida que aquí, entre nosotros, es él el que manda.

—Ayer oí la radio —sigue diciendo—, y por la radio decían que ya no quedaba ni un solo rojo en Asturias, y que habíamos hecho muchos, muchísimos prisioneros.

Yo no digo nada, pero Juan pregunta:

—¿Cuántos prisioneros?

—No sé, la radio decía que muchísimos miles.

Entonces Luisa le pregunta a Alberto:

—¿Qué hacen con los prisioneros?

—No sé, no sé... supongo que los fusilaremos; a los rojos hay que fusilarlos.

Yo me he puesto a llorar como un niño pequeño; no sé por qué, de repente me han entrado ganas de llorar; me da vergüenza llorar así, delante de mis primos, pero no me he podido contener.

—¡Está llorando! —dice Juan.

Todos me miran y yo les veo borrosos a traves de mis lágrimas. Alberto me dice:

—Los hombres no lloran.

—Sí —repite Luisa—, los hombres no lloran.

Los hombres no lloran, los hombres no lloran, pero ya veríamos si ellos lloraban o no; es muy fácil decir que los hombres no lloran cuando a uno no le pasa nada, cuando está en su casa y en su cama, pero ya veríamos si lloraban o no, si les hubieran quitado a su padre como a mí, y a Palmiro y a María Luisa y el coche amarillo y todo.

Tía Concha es hermana de mi madre y se parecen mucho; las dos son pequeñitas y rubias, con la mirada muy viva y la piel muy blanca; hay que verlas al lado de otras mujeres para darse cuenta de lo menuditas y delgaditas que son, y también lo blancas que son; cuando se las ve solas, no parecen tan blancas.

—¡Pepito! Ven, dame un beso.

Tía Concha me coge de la misma manera que me coge mi madre, y también me besa de la misma manera.

—No, no te acuerdas de mí, pero yo sí me acuerdo de ti, eras muy pequeñín entonces.

No, no me acuerdo de tía Concha, no puedo decir que la he visto en tal o cual sitio, pero como se parece tanto a mi madre, me da la impresion de que la conozco desde hace mucho tiempo.

Mi madre también me besa y besa también a los demás, a Juan, a Luisa y a Alberto.

—Anda, ven, Pepito, la abuela quiere verte.

Me acuerdo muy bien de la abuela Vicenta: era una señora vestida de negro, menudita como mi madre y como tía Concha, pero con una cara muy seria; llevaba siempre un gorrito, y por debajo de la barbilla, una cinta negra. La recuerdo de pie, apoyada en un bastón con puño de nácar, y mirándome:

—¿Éste es el hijo de Pepe Gracia? Acércate.

Había algo en la abuela Vicenta que no me inspiraba confianza; no me daba miedo porque yo no tengo miedo, pero...

—Vamos a ver, buena pieza, ¿sabes rezar?

Mi madre respondió por mí:

—¡Pues claro que sabe rezar! ¡Qué cosas va usted a preguntar!

—Le he preguntado al niño. Cállate tú. Vamos a ver, ¿sabes rezar?

—*Ja.*

—¿Qué quiere decir *ya?* Este niño no sabe hablar.

—Pero mamá, dese usted cuenta de que habla más alemán que español.

—Lo que nos faltaba. Pero bueno, tú entiendes lo que te digo, ¿no?

Yo no digo nada.

—¿No sabes hablar? Este niño es tonto.

Me echo a llorar y mi madre me coge en brazos. Tía Concha intercede:

—Podía darle usted un beso, por lo menos.

—¿A quién? ¿Al hijo de Pepe Gracia?

—¡Qué culpa tiene él!

—Sí, eso es verdad, qué culpa tiene él. Anda, ven, no llores, dame un beso.

La abuela Vicenta no sabe besar, alarga la mejilla, pero cuando besa, uno no se da cuenta de que le están besando. Mi madre también se ha echado a llorar.

—No llores; lo pasado, pasado, pero este niño tiene que aprender el catecismo; porque tú... ¿sabes el catecismo?

—*Nein*... no.

—¡Veis! Ya me parecía a mí. Pues si este niño ha de quedarse aquí, lo primero que tiene que hacer es aprender el catecismo; no quiero socialistas en mi casa.

No, la abuela Vicenta no me quiere, no me quiso nunca: y tampoco quiere a mi padre: un día le oí decir a tía Concha:

—Una vergüenza, educar los hijos así.

—Pero mamá, el Colegio Alemán...

— Los alemanes son herejes, hija, herejes; lo que pasa es que Pepe Gracia no creía en nada, era un ateo.

—Pero mamá...

—Un condenado ateo; no quiso casarse como Dios manda; acuérdate de lo que tuvimos que pasar para lograr bautizar a su hijo; un socialista, eso es lo que era, y ¿cuándo se ha visto que un socialista crea en Dios?

—Pepe no era ateo.

—Tú qué sabes. Ya has visto; en cuanto pudo, metió a su hijo en un colegio de herejes y ni siquiera le ha enseñado el catecismo. Él tenía bastante con sus doctrinas, con su revolución... y ya ves dónde estamos.

La abuela Vicenta siempre de luto y con su cinta en la barbilla, no sonríe nunca. Yo le digo a mi madre:

—La abuela no me quiere.

—Sí, sí te quiere, ¿cómo no te va a querer? Pero la abuela es una señora un poco rara, ¿comprendes?, pero nada más.

—No me quiere.

—Pues claro que te quiere.

Le he dicho a mi primo Juan que la abuela no me quiere, y me ha respondido:

—Bueno, no te apures, la abuela no quiere a nadie, a mí tampoco.

—A Alberto sí le quiere —dice Luisa.

—Sí, a Alberto sí, pero a nadie más.

Del 6 al 28 de julio, la gran batalla de Brunete; las tropas republicanas intentan romper la amenaza sobre Madrid, pero la ofensiva acaba con un triunfo nacionalista.

La casa de la abuela Vicenta es una casa muy grande, mucho más que nuestra casa de Bilbao, y tiene dos pisos. Hay una escalera de madera y muchas habitaciones. En el piso de abajo hay un comedor, y también está la cocina y Francisca, la criada. En el piso de arriba hay muchos dormitorios y un mirador. El mirador está lleno de sillas de mimbre y da a la plaza. Porque vivimos en la plaza de Bembibre; una plaza cuadrada, con soportales y una iglesia de piedra en medio.

Por la plaza pasa la carretera y siempre hay camiones y coches que van y vienen. Los días de mercado, la plaza está llena de gente que viene a vender o a comprar. Desde el mirador se ve muy bien todo el mercado, pero a la abuela Vicenta no le gusta que anden los niños en el mirador.

—El mirador es para las personas, no para los niños —dice la *grossmutter*.

Y como los niños no somos personas todavía, nos tenemos que ir a otra parte.

La abuela Vicenta es muy rezadora y todos los días se va a la iglesia con su bastoncito y un devocionario muy gordo. Siempre que sale de casa, aunque no vaya a la iglesia, se pone velo.

Mi tía Concha es muy buena y nos quiere mucho a todos. Siempre nos besa y, alguna que otra vez, nos da caramelos.

Francisca, la criada, es muy rara, y tan pronto nos habla y nos canta cosas como se calla y no nos hace caso. Cuando se enfada, da muchas voces y dice:

—¡Demontre de chicos!

Pero no dice nunca *¡maldita sea!* como María Luisa, ni sonríe como María Luisa.

Bembibre debe de ser muy grande porque hay mucha gente por todas partes, pero yo no lo he visto todavía: no me dejan salir de casa. Hace mucho frío y hasta han caído algunos copos de nieve. Mis primos van a la escuela, yo también quiero ir a la escuela con ellos, pero mi madre me ha dicho:

—Irás después de las Navidades.

Mis primos tienen cada uno una cartera de cuero para llevar libros; se van muy contentos y, cuando vuelven, traen la nariz morada de frío.

Juan me cuenta:

—Hoy nos hemos reído la mar con la señora maestra. Tocaba Geografía y, fíjate, al colgar el mapa, se cayó y por poco descalabra a la señora maestra.

Paso mucho tiempo solo; mis primos me han dejado sus juguetes: un carro, una muñeca que anda y dice *mamá*, y Alberto me ha dejado jugar con sus soldados de plomo. Los soldados son catorce, vestidos de marinero y cada uno con su fusil; Alberto dice que son de Infantería de Marina, pero yo no me lo acabo de creer, porque si son marineros, ¿dónde está su barco?; los hago desfilar por encima de la cama y algunas veces por encima de la cómoda, pero me aburro. También puedo bajar a la cocina, pero Francisca, depende, si está de buen humor, bien, pero si está de mal humor, me echa enseguida.

Francisca canta muy bien canciones que ella dice que son canciones de la guerra. La que más canta es una cancion que dice:

Por el río Nervión,
bajaba una gabarra,
con once soldaditos
de boina colorada.
Zúmbale, zúmbale, zúmbale
la zumba del cañón.

Lo que más le gusta cantar es una canción que dice:

Yo te daré,
te daré ,niña hermosa,
te daré una cosa,
una cosa que yo sólo sé:
¡café!

Y cuando dice *café*, me guiña un ojo y se ríe. La he preguntado si sabe contar cuentos, pero dice que no, que no sabe ninguno.

María Luisa era mucho mejor que Francisca, mucho mejor.

El 15 de diciembre de 1937 comienza la gran batalla de Teruel: 180.000 combatientes en la nieve. Los muertos se hielan.

Todos dicen que hace mucho frío y que hay que abrigarse bien; también dicen que las Navidades van a venir muy pronto.

La abuela Vicenta me ha mandado llamar a su habitación y yo entro un poco huraño.

—Vamos a ver. Sientate ahí.

Me siento en una banqueta baja mientras que la abuela Vicenta continúa de pie, apoyada en su bastón con puño de nácar.

—¿Tú sabes lo que significan las Navidades?

Estoy un poco asustado, pero contesto no sé qué, sobre los Reyes Magos, los camellos de los Reyes Magos y Santa Claus.

—Ese que tú llamas Santa Claus —me dice la *grossmutter*— no existe.

—Sí existe, le he visto yo —y le explico cómo es Santa Claus, con sus botas rojas y su barba blanca, y su saco lleno de dulces, y su caperuza; pero la abuela Vicenta no cree en Santa Claus:

—No, no existe, pero, claro, ¡cómo vas a saber tú!

Después la abuela Vicenta me cuenta un cuento bastante bonito. Es un cuento donde hay una mujer muy pobre, muy pobre; una noche que estaba nevando le nace un hijo muy guapo, y como la mujer pobre no tiene ropa para vestirlo ni nada, le mete entre las pajas de un pesebre. Pero lo mejor es que llegan los angeles del cielo y se ponen a cantar, y después vienen unos pastores y también cantan, y todos están muy alegres porque ha nacido el niño, y el niño es muy hermoso. Y su madre, la mujer pobre, se llama la Virgen y su padre, que es carpintero, se llama san José.

—¿Y sabes quién era el Niño que acaba de nacer? —acaba la abuela Vicenta.

Nunca he sabido por qué extraña asociación de ideas respondí en aquel momento:

—Sí, el niño ése era don Anselmo.

La abuela Vicenta se enfada mucho:

—¡Cómo don Anselmo! ¿Quién es don Anselmo?

—Don Anselmo es un militar muy bueno que...

—¡No!... ¡No!... el Niño que acaba de nacer es Nuestro Señor Jesucristo, ¿comprendes? Nuestro Señor Jesucristo.

—*Ja... ja...*

La abuela Vicenta me manda salir, diciendo:

—Anda, vete de aquí, márchate de una vez; no sé cómo tengo humor para perder tanto tiempo contigo.

Yo hubiera querido decirle que su cuento me había gustado mucho y que estaba contento, pero no me atreví; además, cuando la abuela Vicenta dice *márchate* o *vete*, levanta el bastón, y yo nunca estoy seguro de si lo hace para señalar la puerta o para pegarme un bastonazo.

Las Navidades llegan mañana y tía Concha dice que nos vamos a comer un pavo:

—Un pavo con castañas.

Yo nunca he comido pavo, los únicos pavos que he visto son los pavos de Bilbao, en un parque al que me llevó María Luisa. Pero las castañas me gustan mucho; Francisca nos da castañas asadas muchas tardes.

También me gustan mucho mis primos y les quiero bien. Al que más quiero es a Juan, que duerme conmigo y tiene la cara llena de pecas; después quiero a Luisa y después a Alberto.

Juan sabe muchas cosas que yo no sé, por ejemplo que Francisca, la criada, tiene un novio que está en la guerra, pero que si no lo matan y vuelve, se casará con ella. Me ha contado también que en la escuela hay un niño que sólo tiene un dedo en cada mano.

—Un dedo gordo, más gordo que dos de los nuestros juntos.

Juan sabe también dónde venden caramelos y barritas de regaliz, y una tarde me trajo media barrita de regaliz:

—Sólo la he chupado un poco.

Juan me cuenta muchas cosas por la noche, cuando nos acostamos y nos quedamos solos y a oscuras. Yo también le cuento todo lo que sé: le hablo de María Luisa y le cuento el cuento de las manos negras y de la voz misteriosa. A mi primo Juan le gusta mucho y ya se lo he tenido que contar dos veces.

Juan me ha dicho que cuando vayamos juntos a la escuela nos vamos a divertir:

—La mar.

Y yo ya tengo ganas de que pasen las Navidades para divertirnos la mar.

Mi prima Luisa me da un besito todas las mañanas y me pregunta si he dormido bien; yo digo que sí, porque siempre duermo bien, pero a Luisa no le importa, y al día siguiente me vuelve a preguntar lo mismo.

A Luisa el otro día, en el pasillo, le levanté las faldas, pero Luisa no gritó, se las bajó y me dijo muy seria:

—Como lo vuelvas a hacer, te doy de cachetes.

Y como Luisa es mayor que yo y me puede, no lo he vuelto a hacer. Mi prima Luisa tiene braguitas de color blanco, pero cuando se las quiero ver tengo que agacharme o ponerme a gatas, porque ya no me atrevo a tocarle las faldas.

Luisa tiene dos amigas, muy feas, que alguna tarde vienen a casa y juegan juntas a las canicas o con cromos. Yo también quiero jugar con ellas, pero no me dejan.

A Alberto también le quiero, pero menos que a Juan y menos que a Luisa. Como tiene pantalones largos, habla como las personas mayores; de lo que más habla es de la guerra, de los rojos y de los nacionales; y los rojos son malos y los nacionales son buenos. Últimamente ha empezado a hablar de la Falange.

—Voy a ser flecha —nos ha dicho—; me darán un fusil de madera, pero igual que los de verdad, y haremos la instrucción.

Como no comprendemos nada, nos lo explica:

—Parecéis tontos; pues veréis, como hay tantos rojos, hay que organizarse, hay que ser falangistas, esto es, ser de la Falange, y prepararnos para la guerra; cuando seamos mayores seremos soldados como los demás y nos iremos al frente a matar rojos.

Alberto tiene muchos amigos grandes como él, que le vienen a buscar; también tiene escondida una cajita de hojalata llena de tabaco; a veces fuma delante de nosotros.

—Cuando seáis mayores —nos dice— os daré un cigarrín.

—Dánoslo ahora —pide Juan.

—No, ahora no, porque os marearía.

Con mi primo Alberto me pasa lo mismo que con la abuela Vicenta, no sé por qué no les llego a querer mucho, no me siento a gusto con ellos y siempre ando temeroso de haber hecho alguna cosa mala, como cuando rompí el jarrón.

Rompí el jarrón sin querer, un jarrón muy bonito, de color azul con rosas blancas y hojas verdes; un jarrón que estaba sobre la cómoda, pero que, jugando a no sé qué, se cayó al suelo y se partió en pedazos.

Como creía que el jarrón era de la abuela Vicenta, decidí recoger todos los trozos, uno por uno, y esconderlos entre el colchón y el sommier de la cama. Nadie se había dado cuenta de nada, pero al día siguiente Francisca dijo que había encontrado roto el jarrón que faltaba. Preguntaron que quién había sido y yo no dije nada, pero, no sé cómo, supieron que había sido yo y mi madre me dio con el zapato. Alberto se rió mucho y me dijo que me estaba bien empleado por:

—... no dar la cara —y añadió—: cuando se hace algo, se da la cara, y si nos pegan, que nos peguen, pero lo primero de todo es dar la cara.

Yo no digo nada, pero no estoy muy seguro de dar la cara la próxima vez que rompa algo, otro jarrón, por ejemplo.

Las Navidades deben de ser una fiesta muy triste porque mi madre se ha pasado el día llorando y tía Concha también ha llorado. La única que no llora nada es la *grossmutter*, además de no llorar nada, ha dicho:

—Las Navidades son unas fiestas alegres y no quiero ver caras tristes. Y vosotros —nos ha dicho a los pequeños— ya estáis cantando un villancico.

Como yo no sé cantar ningún villancico, me he refugiado en los brazos de mi madre; los demás han cantado:

Con el ito, con el ato,
con el pobrecito hermano,
que salud para comerlo,
que salud para guisarlo.

Todos tienen qué traerle,
yo no tengo «na» que darle,
las alas del corazón,
que le sirvan de pañales.
Con el ito, con el ato,
con el pobrecito hermano,
que salud para comerlo,
que salud para guisarlo.

Luego la abuela Vicenta ha dicho que teníamos que ir a misa; me han puesto un abrigo de Juan y me han metido la cabeza en una boina de Alberto; el abrigo me está justo, pero la boina no me deja ver, y ando a tientas como los ciegos.

En la iglesia me he dormido dos veces porque hacía mucho calor y porque olía como huele en todas las iglesias.

El 22 de febrero del nuevo año de 1938, Teruel es defi-
nitivamente conquistada por los nacionalistas.

Mi madre me ha dicho antes de salir:

—Escucha, Pepito, fíjate bien: vas a ir a la escuela, procura portarte bien, hijo, aquí en el pueblo, tus primos tienen fama de buenos estudiantes y de buenos chicos; y tú tienes que ser lo mismo que ellos, ¿comprendes?

—Sí, mamá.

—Otra cosa, no hables de la guerra ni de papá con nadie; no hables de nada; aunque te pregunten, tú no dirás nada, ¿entendido?

—*Ja.*

—Tampoco digas *ja,* no hables alemán; si no te acuerdas de las palabras en español, te quedas callado, pero nada más.

He obedecido a mi madre en todo: he oído hablar de la guerra y no he dicho nada; además, ¿qué iba yo a decir? Tampoco he respondido nada cuando algún niño me ha preguntado por mi padre.

Alberto nos lleva a la escuela, pero él no entra en la misma clase que Juan y yo: Luisa se va con las niñas, y Alberto, con los mayores.

—Tengo ya catorce años —nos explica.

La maestra me ha mandado sentarme al lado de un chico que se llama Silvio y cuyo padre es guardia civil. Silvio es un poco mayor que yo y me ayuda cuando tengo que escribir algo. Los demás niños me han mirado y remirado mucho, pero todos parecen buenos. El que más me ha llamado la atencion es Fonso: no tiene dedos como los demás, tiene unas manos que parecen redondas y los pies lo mismo, calza unas botas que parecen quesos de bola; para escribir tiene que emplear las dos manos, pero le sale una letra muy bonita.

La maestra me ha gustado mucho porque se parece a María Luisa; sonríe todo el tiempo y se llama señorita Paulina; riñe muy pocas veces y nos pasa la mano por la cabeza como se hace con los perros cuando se les quiere mucho.

En la escuela se está bien, hace calor, aunque lo mejor de todo es el recreo. Cuando salimos a jugar nos vamos a una explanada que hay al lado de una ermita y que se llama la explanada del Cristo. Desde la explanada se ve la carretera, y se puede tirar piedras a los coches que pasan, pero es muy difícil acertarles porque los coches pasan muy deprisa. También se ve Bembibre, con sus casas de techos de pizarra y muchas huertas alrededor.

Cuando volvemos a casa lo hacemos corriendo porque todo el camino es cuesta abajo.

—Esta tarde —me dice mi primo Juan— a la salida de la escuela nos iremos a fumar al puente.

Somos cuatro: mi primo Juan, Silvio, Fonso o el Maninas, como le llaman todos, y yo. Mi primo nos da un cigarrillo a cada uno y enciende una cerilla. Es muy difícil fumar, porque en cuanto uno se descuida, el humo se mete por las narices, llega hasta los ojos y hace toser. Fonso, el Maninas, sostiene el cigarrillo con una sola mano, doblando mucho el único dedo que tiene.

El puente no me gusta nada, no es como el Puente de la Chiquita o como el Puente Colgante de Deusto: es un puente pequeño sobre un riachuelo negro.

Después de merendar, tengo que ir a la iglesia, donde me espera don José. Don José es el cura y es muy grande y muy gordo: es el único, hasta ahora, que me ha hablado de mi padre como si ya estuviera muerto.

La abuela Vicenta quiere que yo aprenda el catecismo y ha hablado con don José.

—Vamos a ver —me dice don José—: tu padre, cuando estaba en vida, ¿te hablaba de Dios?

Pero yo no respondo nada porque mi madre me ha dicho que no conteste nada cuando pregunten por mi padre.

—¿Entiendes lo que te digo?

—Sí.

—Tienes que decir *sí, padre.*

—Sí, padre.

—¿Nunca has estudiado el catecismo?

—No.

—Di *no, padre*, y *sí, padre.*

—No, padre, y sí, padre.

—No, no, no, —don José, el cura, se pone serio—. Cuando tengas que decirme *sí*, dirás *sí, padre*, y cuando tengas que decirme *no*, dirás *no, padre*. ¿Entendido?

—Sí, padre.

—Vamos a ver, vamos a ver, ¿nunca has estudiado el catecismo?

—No, padre.

—Pero rezar, sabes rezar, ¿no?

—No, padre... mi madre rezaba conmigo cuando me acostaba, pero yo solo no sé.

—Pero bueno, en el colegio, en ese Colegio Alemán...

—*Der kindergarten?*

—Como se diga, en ese colegio, ¿no estudiabais el catecismo?

—*Nein, vater.*

—¿Cómo dices?

—No, padre.

Don José enciende un cigarrillo y fuma antes de empezar:

—Bueno, eres lo que se dice un niño abandonado.

Tengo ganas de protestar, pero no digo nada.

—No sólo hay que alimentar y vestir a los hijos, ¿comprendes? Cuando se tiene un niño en casa se le da de comer, se le viste y se le calza, pero eso no es todo, hay que enseñarle el catecismo, hay que enseñarle a adorar a Dios y respetar sus mandamientos. Tu padre te dio de comer, pero no se ocupó de ti, ¿comprendes?

Yo comprendo que don José el cura está hablando mal de mi padre y tengo ganas de llorar.

—A partir de hoy, vas a venir todas las tardes y yo te enseñaré a rezar. Si no rezas, te irás al infierno cuando mueras.

Don José me ha enseñado después el «Padrenuestro» y el «Ave María», que ya me sé de memoria.

He preguntado a mi primo Juan, en cuanto nos metimos en la cama, por el infierno:

—¿En el infierno? Pues es el sitio donde están los condenados... sí, los que se han portado mal en esta vida; cuando te portas mal, desobedeces a tu madre o robas fruta o le das una patada a un niño más pequeño, bueno, pues entonces te portas mal y es que pecas. ¿Te das cuenta? Y si pecas, te vas al infierno; y el infierno está lleno de demonios que te pinchan con sus tenedores y te meten en calderas de aceite hirviendo, y la mar... además, ¿tú no has oído hablar nunca de las calderas de Pedro Botero?

—No.

—Pues son las calderas esas que te decía, y Pedro Botero es el mismo demonio en persona que te mete de cabeza en ellas. Eso es el infierno.

Yo sólo sabía lo que era el cielo, porque sé que Palmiro y mi padre están en el cielo; pero nadie me había hablado nunca del infierno. Juan sabe mucho de estas cosas porque se sabe el catecismo de cabo a rabo, y todas estas cosas, por lo visto, vienen en el catecismo.

Luisa también me ha hablado del infierno:

—Los demonios son todos negros como el betún.

Sobre los demonios yo ya sabía algo, que tienen rabo y que tienen cuernos, porque yo he sido diablo una vez en el Colegio Alemán, y demonio y diablo es lo mismo.

Los domingos no hay escuela y los jueves por la tarde tampoco; pero los domingos hay que ir a misa y estar todo el tiempo con los brazos cruzados, incluso cuando don José, el cura, sube al púlpito y se echa a predicar.

Los domingos por la tarde vamos a ver hacer la instrucción a los falangistas. Todos tienen una camisa azul y un pantalón negro, largo y estrechito, también tienen botas. Alberto lleva una flecha verde bordada en la camisa porque es jefe de escuadra.

—Mando seis hombres —dice.

Los hombres que manda no son hombres, sino muchachos de la misma edad que Alberto, y todos los conocemos bien: está Eulogio, el hijo del carpintero, Silvio, que se sienta en la escuela conmigo, y Quinito, que le acaban de matar a su padre en la guerra, y otros tres que viven por el barrio de la estación.

Por la noche nos acostamos temprano, pero como no tenemos orinal, cuando queremos mear, nos tenemos que levantar e ir al retrete, que está en el piso de abajo.

Al lado del retrete está la habitación de Francisca, la criada, y una noche me encontré a Alberto agachado, mirando por un agujero de la puerta.

—¿Qué haces?

—¡Chist!... calla y mira si quieres.

Alberto me señala otro agujero, porque la puerta es muy vieja y está llena de hendiduras: yo me pongo a mirar y veo a Francisca, que se está desnudando al lado de la cama. Francisca se quita el vestido y la combinación, pero no lleva corset como María Luisa; luego se quita no sé qué y se le salen las tetas, muy redondas y muy grandes, y pienso que cuando Francisca tenga un niño le dará de mamar muy bien. Francisca se quita las braguitas y veo que tiene mucho pelo entre las piernas.

—¿Te gusta, eh? —me pregunta Alberto.

Pero a mí no me gusta; Francisca me parece muy grande y muy gorda y no tiene la carne blanca y las formas redondas como María Luisa; Francisca es muy morena y parece un poco cuadrada.

Francisca se rasca la barriga, un poco antes de ponerse el camisón, luego apaga la luz.

—¿Qué? —me dice Alberto.

—Es Francisca—contesto.

—Claro que es Francisca, pero no está mal, ¿eh?

—No.

—Y de esto ni una palabra, ¿entiendes? No tiene que enterarse nadie.

Yo tengo ganas de hacer un comentario y lo hago.

—Tiene mucho pelo.

—Claro, todas las mujeres tienen pelo ahí.

Yo no digo nada y me voy a acostar; me imagino a María Luisa con pelo entre las piernas y me entran ganas de llorar. No, todas las mujeres no tienen el pelo negro que tiene Francisca, no puede ser... María Luisa, no sé, pero yo nunca la vi pelo por ninguna parte; y lo que pasa es que

Francisca es fea, eso es, y por eso tiene pelo, y Alberto no sabe lo que dice. María Luisa tenía todo de color blanco y de color de rosa, y era mucho, pero muchísimo más guapa que Francisca.

9 de marzo de 1938: comienza la gran ofensiva nacio-
nalista en Aragón.

Ya nos habían dicho en la escuela que iba a venir el gobernador, pero nosotros no le esperabamos tan pronto. Delante de la escuela se ha parado un coche negro que lleva una banderita, y han descendido unos hombres muy elegantes.

El gobernador nos ha dicho no sé qué y nos ha mandado sentar. Ha empezado a hacer preguntas y luego me ha señalado a mí:

—A ver, levántate.

Me he levantado.

—Santíguate.

Me he santiguado y persignado porque aprovecho muy bien las lecciones de don José el cura.

—Muy bien, muy bien. Ahora dime el Credo.

El Credo lo he recitado con bastante dificultad; no estoy seguro, por ejemplo, si dije *gessesen* en lugar de sentado, pero el gobernador ha dicho:

—Muy bien, muy bien. ¿Sabes cantar el «Cara al Sol»?

—Solo no, señor, pero con los demás, todos juntos, sí.

El gobernador se ha reído mucho y la señorita Paulina también; después el gobernador ha dicho que cantásemos todos juntos el «Cara al Sol» y lo hemos cantado:

Cara al sol con la camisa nueva
que tú bordaste en rojo ayer,

me hallará la muerte si me lleva
y no te vuelvo a ver.
Si te dicen que caí, me fui,
al puesto que tengo allí,
formaré junto a mis compañeros,
que hacen guardia junto a los luceros.
Volverán banderas victoriosas
al paso alegre de la paz
y traerán prendidas cinco rosas,
las fechas de mi haz.
Volverá a reír la primavera,
que por cielo y tierra y mar se espera,
arriba escuadras a vencer,
que en España empieza a amanecer.

El «Cara al Sol» es el himno de la Falange y es muy bonito; Alberto, como es falangista, siempre lo está cantando, y Francisca también lo canta.

Alberto me ha dicho después de cenar:

—¿Vienes esta noche?

—¿A dónde?

—A dónde va a ser, pareces tonto, a ver a Francisca.

—Bueno.

He ido, pero he llegado tarde, Francisca se había metido ya en la cama y no pude verla desnudarse.

Vuelvo a acostarme y vuelvo a pensar en María Luisa; la misma María Luisa me dijo que tenía que pensar muchas veces en ella para no olvidarla; y ahora, he cogido la costumbre de pensar en ella todas las noches, cuando estoy acostado y Juan empieza a dormirse. Me imagino a María Luisa como si viviera con nosotros, y la veo cómo me lleva a la escuela y cómo saluda a la señorita Paulina, la maestra, y cómo le dice:

—Cuida mucho de Pepucho.

Después me lleva a jugar a la explanada del Cristo y me trae a casa de la mano; cuando me acuesta, me cuenta otra vez el cuento de la voz misteriosa y luego me besa en los dos ojos, como hacía siempre, para que durmiera bien.

A veces también, y por culpa de Alberto y de Francisca, me imagino que María Luisa se desnuda y que yo la miro por un agujero de la puerta; María Luisa se quita el corset, pero, debajo, su cuerpo es como todos los cuerpos, no tiene nada, ni pelo ni tetas, como las niñas, y el cuerpo es blando y de color de rosa.

Quiero mucho a María Luisa y le he preguntado a mi madre:

—¿Cuándo viene María Luisa?

—María Luisa no puede venir, guapo, está en Bilbao y nos cuida la casa.

—¿Y mi coche?

—Sí, también te cuida el coche.

—¿Y no vendrá nunca?

—Sí, sí, claro que vendrá.

—¿Cuándo?

—No sé, pronto quizá; pero tú no te preocupes, yo te avisaré y saldremos a esperarla.

Como hoy es jueves, Juan y yo nos hemos ido juntos.

—Vamos a la estación.

Hemos pasado el puente y nos hemos acercado a la estación. Todo está muy negro y lleno de polvo. Hay muchos vagones, pero algunos están rotos. También hemos visto una locomotora, que echaba humo y vapor por todas partes.

Un hombre tiznado de negro empieza a gritar:

—¡Largo de aquí, mocosos!

Juan y yo hemos salido corriendo y desde lejos le hemos llamado:

—¡Carboneeerooo! ¡Carboneeerooo!

El hombre nos ha amenazado con la mano, pero nosotros nos hemos puesto a correr y no hemos parado hasta el puente. A Juan le gusta el puente y se pasa el rato escupiendo, yo también escupo, y cuando ya no tenemos más saliva, nos ponemos a orinar: el chorro de pis cae curvo sobre el agua y hace bonito.

En la escuela, cuando nos ponemos a orinar, nos desafiamos a ver quién llega más lejos y siempre gana Silvio, mi compañero de banco; Silvio mea mucho y muy lejos, mea más y más lejos que todos los demás.

Pero a correr, el que gana soy yo; aunque los otros sean mayores y tengan las piernas más largas, cuando hay que correr, siempre soy yo el que llega el primero. Al principio no me daba cuenta, pero ahora comprendo que tiene sus ventajas esto de correr más que nadie. Cuando jugamos a policías y ladrones, todos quieren jugar conmigo, y lo mismo cuando nos vamos a apedrear con los chicos del barrio de la estación, todos quieren venir conmigo. Yo cojo una piedra, me acerco corriendo y la tiro sin detenerme, al mismo tiempo doy la vuelta y me alejo fuera del alcance de las otras piedras.

Juan no tiene suerte en esto de las pedreas, ya lo han descalabrado dos veces, y cuando le cortan el pelo tiene la cabeza llena de mataduras como los caballos viejos.

Silvio conoce una huerta, según dice:

—Con los árboles cargadines de manzanas.

La huerta está en la carretera de Ponferrada y tiene una tapia de piedras, la saltamos y empezamos a cargar manzanas. Llega un hombre y un perro:

—¡Anda con ellos, Sultán!

El Sultán se pone a ladrar y nosotros salimos corriendo. Yo soy el primero en llegar a la plaza y me siento a esperar a los demás.

—Tienes suerte tú —me dice Juan que llega con la lengua fuera—, tienes suerte con eso de correr tanto; a mí, por poco me muerde el perro.

Sí, tengo suerte, por primera vez me siento el primero en algo y esto me da confianza en el porvenir. Cuando sea mayor, también correré más que los otros y no me podrán coger.

En abril, los nacionalistas llegan al Mediterráneo en Vinaroz. La España republicana queda así, cortada en dos mitades.
El 3 de abril los nacionalistas conquistan Lérida.

Quinito, al que le acaban de matar a su padre en la guerra, es muy amigo de mi primo Alberto; siempre andan juntos fumando y hablando de sus cosas. Se suelen sentar en el portal de casa, mirando hacia la calle, con las piernas estiradas. A veces les oigo hablar.

—Tú no sabes cómo es mi criada —explica Alberto—; cuando se desnuda, se la ve todo.

—¿Todo?

—Todo, lo que se dice todo. Tienes unas tetazas enormes, que le cuelgan hasta la cintura, y luego es una peluda fenomenal.

Quinito también cuenta:

—Pues yo he visto desnudarse a la hija del señor Policarpo.

—¿A cuál?

—A la mayor, a la que tiene un lunar cerca del ojo. Verás, ya sabes que somos vecinos, desde mi ventana se ve la suya; pues un día empezó a desnudarse con la ventana abierta. Yo no la quitaba ojo, como puedes suponer.

—Claro.

—Bueno, pues se quedó en bragas, lo que se dice en bragas, y estaba muy bien.

—Claro.

—Lo mejor del caso es que se dio cuenta de que la estaba mirando.

—¿Y no la importó?

—Pues parece que no, porque se sonreía y hasta me amenazó con la mano antes de cerrar la ventana.

Mi primo Alberto reflexiona un momento antes de afirmar:

—Pues eso quiere decir que la tenías conquistada. Porque si se dejaba ver así, como tú dices...

—En bragas.

—¿No le dijiste nada?

—Sí, un día en la calle la encontré y le dije: ¿te desnudarás esta noche?

—¿Y qué te dijo?

—Se rió mucho, pero no me dijo nada.

—Pues has sido tonto, porque la tenías conquistada y bien conquistada; claro que todavía...

—No, ahora no hay nada que hacer; habla con su primo y se manosean de lo lindo.

Los dos se ponen a fumar pensativos.

—Pues Francisca no está mal —vuelve a empezar mi primo—, un poco gordota, un poco buenona por todas partes. Y parece que le debe de gustar el tomate.

—¿Por qué?

—Esas cosas se notan; a las mujeres que les gusta el tomate se les nota en la cara, y claro, tienen que ser facilonas.

Yo no me entero muy bien; no comprendo esa manía de Alberto y de Quinito por ver desnudarse a las mujeres, y tampoco comprendo que a unas mujeres les guste el tomate, y a otras, no. Yo creo que Juan tiene razón, me ha dicho que los mayores, a veces, hablan de una manera secreta, en clave, eso me dijo, y que hablan en clave para que los demás no les comprendan.

Mi primo sigue hablando de Francisca cuando llega corriendo Eulogio, el hijo del carpintero.

—¡Venid, venid corriendo! Hemos encontrado un muerto.

Todos salen corriendo y yo salgo detrás de ellos; atraviesan la plaza y enfilan por la carretera de Ponferrada; corren mucho, pero yo les alcanzo enseguida.

—¿Dónde vas tú? —me pregunta Alberto sin dejar de correr.

—Con vosotros.

Hemos pasado ya las últimas casas de Bembibre; Eulogio, que va delante, sigue por un camino de tierra y llegamos pronto bajo unos árboles. Allí hay otros dos chicos que miran un poco de lejos al muerto.

El muerto es un hombre vestido de negro, no se le ve la cara porque está de lado y con un brazo cruzado por la frente. Las dos manos están manchadas de sangre y llenas de hormigas.

Nosotros estamos tan cansados de correr que tardamos un momento en empezar a hablar.

—¿Quién es?

—No sabemos. Creímos que estaba dormido, pero...

El chico se calla, asustado.

—Bueno —continúa el otro—, nos acercamos y le vimos la cara; tiene un agujero en la frente y los ojos abiertos.

Mi primo Alberto se acerca al muerto, pero no le toca. Quinito, con un palo, intenta darlo la vuelta, pero no puede.

—Si le queréis ver la cara —propone uno de los chicos—, sólo tenéis que acercaros y levantarle el brazo.

Nadie contesta, todos estamos asustados; mi primo Alberto se decide por fin, está un poco pálido, se arrodilla al lado del muerto y le levanta el brazo.

Mi primo se incorpora mucho más palido que antes:

—Sí, está muerto... o mejor, lo han matado.

—¡Lo han matado!

—De un tiro —continúa mi primo—, lo han matado de un tiro en la frente.

Yo me imagino un hombre con los brazos en alto y percibo claramente el ruido del disparo, luego el hombre cae al suelo, y queda así, con un brazo por la frente y las manos ensangrentadas.

Echo a correr, no quiero ver al muerto. Mi primo Alberto se queda diciendo:

—Hay que avisar a la Guardia Civil.

Por la noche le cuento a Juan que he visto a un muerto; Juan no parece sorprenderse mucho:

—Cuando empezó la guerra, era muy fácil ver a un muerto todos los días; junto a la iglesia, vimos a dos, un día por la mañana, pero se los llevaron enseguida.

—No me gusta ver muertos —digo.

—A mí tampoco, pero dicen que es la guerra.

La abuela Vicenta, siempre de pie y siempre apoyándose en su bastón, me ha dicho:

—He hablado con don José y parece que ya vas sabiendo el catecismo. Dice que eres un chico bastante inteligente, pero que te distraes con mucha facilidad. Ahora tienes que trabajar de firme, ya sabes que tienes que prepararte para hacer la primera comunión; en cuanto cumplas los ocho años, tendrás que hacer la primera comunión; y si sabes bien el catecismo, te compraré un traje blanco muy bonito y un crucifijo, para que vayas a comulgar como es debido.

Pero yo no quiero vestirme de blanco ni menos todavía tener un crucifijo; los crucifijos me recuerdan siempre a un hombre al que están fusilando. Y todo esto es muy triste. Además, un traje blanco es una lata porque hay que tener mucho cuidado para no mancharlo y uno no puede jugar a nada; sobre todo en Bembibre, donde hay carbón por todas partes.

Pero a la abuela Vicenta no le debe de importar mucho mi opinión, porque nunca me pregunta lo que pienso. En realidad, a excepción de mi primo Juan, nadie me pregunta nunca nada; ni siquiera Silvio, mi compañero de escuela.

La abuela Vicenta continúa hablando:

—También quiero que sepas ayudar a misa; tu primo Alberto sabe ayudar a misa muy bien, y Juan está aprendiendo ahora; tú también tienes que aprender. Claro que todavía es un poco pronto. De todos modos, de hoy en adelante, me vendrás a ver de vez en cuando y yo te preguntaré el catecismo. ¿Has entendido?

—Sí.

—Pues, anda, márchate ya.

Y la abuela Vicenta vuelve a alzar el bastón de puño de nácar y a señalarme la puerta.

Tía Concha está enferma; en realidad, hace ya mucho tiempo que está enferma, pero yo no me había dado cuenta. Se pasa los días acostada en su cama porque hace frío y no puede salir a la calle ni andar por la casa. Mi madre la acompaña todo el tiempo. A nosotros no nos dejan entrar en la habitación de tía Concha porque la molestamos, y tía Concha necesita reposo.

Sin embargo, a veces, la misma tía Concha nos llama a uno de nosotros para que estemos un ratito con ella.

Yo la veo en la cama, recostada, con la cabeza alta y haciendo punto. Tía Concha nos hace calcetines, bufandas y chalecos de lana gorda. La habitación de tía Concha es muy grande y está llena de muebles y de retratos. Hay un retrato, sobre todo, que me gusta mucho, y que representa a dos niñas vestidas de blanco y que se parecen mucho. Las niñas están apoyadas en una balaustrada de piedra y llevan lacitos en la cabeza.

—Somos tu madre y yo —me dice tía Concha— cuando teníamos diez y doce años. ¿Verdad que estamos guapas?

—Sí, muy guapas.

—El abuelo mandó llamar a un fotógrafo de Ponferrada para retratarnos.

Tía Concha tiene también algunos libros en un pequeño armario de cristales; pero a mí los libros no me interesan, y eso que ya he empezado a leer.

Tía Concha se parece mucho a mi madre y sonríe como ella; pero ninguna de las dos se parece a la abuela Vicenta, porque la abuela Vicenta no se parece a nadie, aunque sí, se parece un poco a don José, el cura.

Tía Concha me manda sentarme a los pies de la cama y me habla:

—¿Estás bien?

Claro que estoy bien.

—Quiero decir, ¿te encuentras bien con nosotros?

—Sí.

—¿No echas de menos Bilbao?

—Quiero ver a María Luisa.

—¿Te acuerdas mucho de María Luisa?

—Sí.

Claro que me acuerdo, todas las noches me acuerdo de María Luisa porque todas las noches pienso en ella.

—Y de tu papá. ¿Te acuerdas mucho de tu papá?

De mi padre me acuerdo menos, pero también le recuerdo algunas veces.

—Sí.

Tía Concha me mira y dice:

—Ven acá que te dé un beso.

Me besa y no me deja marchar; ha dejado a un lado sus agujas y me tiene cogido por las manos, me mira mucho a los ojos.

—Dime la verdad. ¿Quieres mucho a tus primos?

Sí, les quiero mucho, sobre todo a Juan.

—Sí.

—¿Te gustará vivir siempre con nosotros?

Claro que me gustaría, se vive bien con Juan y con Luisa, sobre todo.

—Sí.

Tía Concha me deja y vuelve a coger las agujas; parece como si tuviera ganas de llorar porque no me mira y hace como todos los mayores cuando lloran: esconde la cara. Yo no digo nada, pero me doy cuenta de todo: tía Concha está muy triste y está llorando, no sé por qué, porque ella tampoco dice nada.

Al cabo de un rato, tía Concha:

—Tienes que ser bueno con la abuela, ¿sabes?

—Sí.

—La abuela nos quiere mucho a todos y no hay que hacerle mucho caso cuando se enfada. Aunque la veas así, tan estirada y tan seria, la abuela nos quiere.

—Sí.

—Cuando tu madre y yo éramos pequeñas, así como tú, la abuela nos llevaba de paseo, entonces era muy alegre, no como ahora; pero luego, desde que se murió el abuelo, se quedó triste, muy triste, ¿comprendes?

Sí, comprendo muy bien, aunque se me hace muy difícil imaginar una abuela Vicenta alegre.

Tía Concha vuelve a mirarme a los ojos:

—Tienes que decirme la verdad, Pepito, tienes que decirme siempre la verdad.

No comprendo esta manía de tía Concha, siempre me pregunta si quiero a mis primos, si estoy bien, y luego siempre acaba diciendo lo mismo:

—Tienes que decirme siempre la verdad.

Pero yo no digo siempre la verdad. Hay algunas cosas que no digo, por ejemplo lo de Francisca, o que robo peras o que he fumado un cigarrín, pero nadie me pregunta lo que hago y yo no veo bien que haya que decirlo.

Mi primo Alberto sigue bajando todas las noches para ver desnudarse a Francisca, yo algunas veces bajo también, pero me aburro: Francisca hace siempre lo mismo, se quita sus ropas, se rasca la barriga y apaga la luz. Es un poco tonto ver siempre lo mismo, yo espero que alguna vez cambie, que pase algo, que cante o que baile, no sé...

Tía Concha me quiere mucho, sólo hay que verla cuando me mira, para comprenderlo, pero debe de estar muy enferma porque enseguida se cansa cuando hay gente en su habitación.

—Anda, déjame ahora, pero dame un beso.

Beso a tía Concha y me voy a jugar con Juan. Jugamos en la plaza, bajo los soportales, hasta que empiezan a pasar camiones.

—¡Son moros! ¡Son moros!

Una columna de camiones y algunos autobuses; también hay coches pequeños que llaman *balillas*, donde viajan los oficiales. El convoy se ha detenido. Vienen de Ponferrada camino de Astorga.

Los moros se quedan en los camiones, pero los oficiales se apean y andan de un lado para otro: todos los oficiales van muy elegantes, con gorros de color rojo y pistolitas pequeñas, como las de juguete.

La plaza se llena de gente. Hay unas mujeres que traen un gran caldero de vino y dan de beber a los moros.

Mi primo Juan y yo nos acercamos a un autobús para ver a los moros. Los moros llevan barba y son muy feos, con turbantes y cartucheras, también hay un negro que tiene un pendiente en una oreja. Los moros no paran de hablar, pero no se les entiende nada. Uno de ellos nos dice:

—Chicos buenos dar tabaco.

Quieren tabaco, pero nosotros no tenemos.

—¿No tener? —pregunta el moro.

—No, no tener, no tener —respondemos nosotros.

El moro se ríe y nos enseña una dentadura brillante y blanca. Le debemos de haber gustado porque alarga una mano:

—Tomar, tomar —dice.

Juan no se atreve, pero yo alzo una mano hasta la ventanilla y lo cojo: es una pulsera de cuero muy sobado, por encima de la pulsera se ven balas, colocadas una al lado de la otra.

—Gracias, gracias.

—Chico simpático —dice el moro.

Yo estoy muy contento con mi pulsera y me la pongo inmediatamente. La pulsera me está un poco grande y me baila en la muñeca; además, es un poco pesada, pero no importa, es un buen regalo.

Llamamos a las mujeres que tienen vino para que den de beber a nuestro moro, pero las mujeres no vienen, están muy ocupadas en otro camión.

—Ven a ver a los heridos —me dice Juan.

Los heridos son cuatro o cinco y están sentados en una camioneta pequeña; unos llevan toda la cabeza llena de vendas, y otros, los brazos o los pies. Se ve que no se pueden mover y nos miran un poco tristes. Uno de ellos se queja y dice:

—Ay... ay... ay...

Un oficial nos coge de un brazo:

—¿Dónde está el alcalde?

Yo no sé quién es el alcalde y Juan tampoco; se lo decimos al oficial, y el oficial se encoge de hombros y nos deja mirando a los heridos.

Hay un moro que ha saltado de un camión y está en medio de la calle; llega un oficial y le da una bofetada; el moro no dice nada y se vuelve a subir en el camión. El oficial ha gritado:

—¡No conoces las órdenes, animal!

Mi primo Juan comenta:

—¡Vaya castaña!

—Sí, vaya castaña.

Suena una corneta, nosotros corremos, pero no podemos ver nada. Al poco rato los coches y los camiones se ponen en marcha, meten mucho ruido. Nosotros corremos detrás de ellos durante mucho tiempo, porque van muy despacio y tienen que subir la cuesta que va a la explanada del Cristo, pero poco a poco se van alejando y nosotros nos detenemos cansados, con la lengua fuera.

—Se van a la guerra.

Yo pienso en los moros y digo:

—Deben de tener frío...

—No, ya no, estamos en primavera.

Es verdad, la señorita Paulina nos ha explicado que hay cuatro estaciones al año, y ahora estamos en primavera. Ya no se ve nieve en los montes; los montes son ahora negros, parece ser que son verdes, pero yo los miro y los veo negros como si fueran enormes montones de carbón.

Como hace buen tiempo, algunos jueves nos vamos de excursión, todos, niños y niñas, los mayores también. Vamos al monte, por la tarde, con la merienda en el bolsillo. La señorita Paulina canta canciones muy bonitas. Para cantar, nos manda sentar en corro y ella se coloca en el centro; entonces dice:

—Os voy a cantar una canción de mi tierra.

Y como la señorita Paulina es andaluza, canta:

El agua de la ermita,
mamita,
tiene una gracia,
tiene una gracia,
que todo el que la bebe,
que todo el que la bebe,
mamita,
pronto se casa.

Y luego, un poco más tarde, canta:

A la Virgen del Carmen,
mamita,
quiero y adoro,
quiero y adoro,
porque saca las almas,
porque saca las almas,
mamita,
del purgatorio.
Saca la mía,
que la tengo penando,
mamita,
de noche y día,
de noche y día.

La señorita Paulina canta muy bien y todos aplaudimos mucho; en cambio, don Ulpiano, que es el maestro de los mayores y que viste una camisa azul de falangista, no sabe cantar, pero saca una pistola y tira dos tiros al aire que meten mucho ruido.

Hay una bandada de pájaros que se asustan y nosotros nos reímos mucho.

Luego hay que volver a casa, y Juan y yo nos venimos caminando con dos palos, más largos que el bastón de la abuela Vicenta.

—¿Has visto a don Ulpiano? Pum...pum...

—Podía haber matado a un pájaro.

—¡Qué va! Los pájaros vuelan muy alto.

—¡Pero lo podía haber matado!

—¿Sin apuntar? No creas.

—¿Y si hubiera apuntado?

—De todas las maneras, es muy difícil matar a un pájaro volando. Pregunta a quien quieras y verás.

—Será difícil, pero si don Ulpiano hubiera apuntado bien... lo que pasa es que es un poco tonto eso de tirar tiros al aire.

—Pues Francisca nos contó un día que en su pueblo, cuando las fiestas, todos los vecinos se ponen a disparar al aire.

El nombre de Francisca me hizo pensar en algo que había visto:

—Oye. ¿Has visto las braguitas a la señorita Paulina?

—No.

—Pues yo sí. Lleva braguitas negras; cuando estaba cantando se las vi.

—No es verdad.

—Sí es verdad; mañana, en la escuela, lo puedes ver si quieres.

Juan se queda dudando:

—Las bragas negras, pues es raro.

—No, las bragas son de todos los colores, como las camisas. ¿Tú has visto alguna vez que todos lleven la camisa del mismo color?

—No.

—¡Pues entonces!

—Mañana tendré que mirar bien.

—Cuando está sentada, no se la ve nada.

—No.

—Pero cuando se levanta, tú fíjate bien cuando se levanta, en el mismo momento de levantarse.

—Bueno, miraré.

Por la noche, le digo a Alberto:

—¿Vamos a ver a Francisca?

—No, no puedo; tengo que madrugar. ¿No sabes que me voy mañana a Astorga?

Lo había olvidado y es verdad: Alberto se va a Astorga a estudiar y no volverá hasta que haya pasado sus exámenes.

—Voy a estar interno en un colegio de frailes —me explica—; mamá no quiere que pierda curso y tengo mucho que estudiar.

Mi primo Alberto presume un poco con sus libros y sus cuadernos; también presume con su camisa azul y sus correajes negros de soldado.

Alberto se ha ido a Astorga y yo he bajado a ver a Francisca, yo solo, pero ha ocurrido una cosa terrible, algo que yo no me esperaba y que también se puede llamar catástrofe.

Yo había bajado y me había arrodillado para mirar por uno de los agujeros; Francisca, como todos los días, se había quitado la ropa, se había quedado desnuda, con sus tetas grandes y su pelo entre las piernas, se había rascado la barriga y se había enfundado la camisa de dormir; entonces, yo la dejo de ver un momento, me creo que va a apagar la luz como todas las noches y ¡zas!, se abre la puerta.

—¡Qué haces aquí!

Yo estoy de rodillas, en pijama, y no me atrevo a levantar los ojos del suelo.

—Pero ¡contesta! —Francisca me coge de un brazo, me alza del suelo y me mete en su habitación, cierra la puerta y me pregunta:

—¿Qué hacías ahí fuera?

—Te... te... miraba...

Francisca no parece enfadada; al revés, parece que se divierte.

—Y ¿no te da vergüenza?

Sí, me da vergüenza, y como no sé qué decir para defenderme, acuso:

—Yo no tengo la culpa, fue Alberto.

—¿Cómo que fue Alberto?

—Sí.

Francisca se sonríe y yo cuento todo como un verdadero traidor:

—Alberto venía a verte todas las noches, y yo también venía, pero sólo alguna vez, muy poco...

Francisca está ante mí con los brazos en jarras:

—Y ¿te gusto?

Yo vuelvo a bajar los ojos; no quiero hablar porque la verdad es que no, que no me gusta.

—Vamos, ¿te gusto?

—Sí... sí... digo no, no... sí, sí...

Francisca comienza a levantarse las faldas del camisón:

—¿Quieres verme desnuda?

Pero yo no quiero verla desnuda y me echo a llorar, quiero irme y no me atrevo a moverme; tengo mucha vergüenza y quiero volverme a la cama con Juan.

Francisca no parece enfadarse, deja caer las faldas de su camisón y me pone en la puerta:

—Anda a acostarte, bobo.

Me voy corriendo, llorando... no me explico por qué he ido a verla desnudarse, es idiota por mi parte porque no me gusta.

La culpa la tiene Alberto, que me ha metido en este lío, yo no quería porque no me gusta... a mí sólo me gusta María Luisa, sólo me gusta María Luisa.

A la mañana siguiente no me he atrevido a mirar a Francisca ni a pedir mi desayuno, pero ha dado lo mismo, toda la casa está en revolución: ha venido el médico para ver a tía Concha, que está enferma, y hasta la abuela Vicenta, que sólo sale de su cuarto para comer, ha ido a verla.

Mi prima Luisa está llorando:

—¿Por qué lloras?

—Mamá está muy enferma...

Juan, que también está muy triste, pero que no llora, me dice:

—La abuela ha dicho que mamá se puede morir, y que lo que tenemos que hacer es irnos a rezar.

—Si quieres...

Mi primo y yo nos vamos a la iglesia y nos ponemos a rezar como dos santos, pero al cabo de un cuarto de hora estamos tan cansados y aburridos que decidimos dar por terminados los rezos e irnos a fumar un cigarrín.

—Eran de Alberto —me dice Juan—, se los quité cuando se iba a marchar.

—¿Y no protestó?

—No podia, tía Eulalia estaba delante; Alberto daba vueltas como un gato, pero nada, no dijo nada... me reí la mar. Los escondí para evitar sospechas y hoy los he sacado.

A mi primo le gustan mucho estas cosas, siempre habla de no infundir sospechas, de que necesitamos una clave y de que hay que guardar el secreto; también dice que tenemos que hacer un pacto y firmarlo con sangre, y que luego hay que jurar.

—Sí —explica—, los pactos, si no se firman con sangre, no sirven para nada. Un día, ya verás, nos pincharemos un dedo hasta sacar sangre y firmaremos el pacto.

Yo digo que sí a todo porque quiero mucho a mi primo Juan.

Silvio, mi companero de banco de la escuela, está enfermo, y Fonso, el Maninas, se sienta ahora conmigo. Me gusta mucho verle escribir con sus dos dedos, tiene una letra muy bonita, mucho más bonita y mejor hecha que la mía, y eso que a mí no me falta ningún dedo y puedo escribir como todo el mundo; pero Fonso, el Maninas, a pesar de ser como es, es muy mañoso y saca punta a los lápices con una navaja y lo coge todo muy bien, sin dejar caer nada. Fonso me cuenta cosas muy tristes de su familia:

—Mi padre trabaja en el ferrocarril y no gana mucho dinero. Mi madre tiene que salir a ayudar por las casas, a lavar la ropa y a fregar los suelos, pero tampoco gana mucho dinero; y como somos cuatro hermanos, yo me tengo que quedar muchas veces en casa para cuidarlos y no puedo venir a la escuela. Además, mi padre es muy borracho, y cuando viene borracho, nos pega a todos.

Una noche, no muy tarde, vi a un hombre borracho a la puerta de la iglesia. Debía de ser un minero porque estaba todo tiznado de negro; andaba tambaleándose y canturreaba con una voz muy bronca que daba miedo, pero no parecía malo.

Pues el padre de Fonso, el Maninas, parece que es lo mismo, que se emborracha y que vuelve a casa como el hombre que vi una noche, dando traspiés y cantando.

—Delante de casa —sigue Fonso, el Maninas—, tenemos un cerezo; las cerezas estan aún verdes, pero cuando maduren, vente por allí y te darás una buena panzada.

La señorita Paulina, la maestra, nos manda poner de pie, todos a su alrededor, para recitar la tabla de multiplicar, y no podemos seguir hablando.

En junio de 1938, los nacionalistas avanzan a lo largo del Mediterráneo; los republicanos, desorganizados, se repliegan en todos los frentes. El 16 de junio los nacionalistas ocupan Castellón de la Plana, indefenso.

Por poco me pierdo el reparto de premios de la escuela, y todo por culpa de Juan. Mi primo sabe un sitio solitario, cerca de una de las callejuelas que dan a la iglesia: es un sitio muy bueno, lleno de piedras y de gatos, pero es muy difícil matar a un gato con una sola piedra.

—Si tuviéramos una pistola, como don Ulpiano... —se lamenta mi primo Juan.

Pero lo más divertido de este sitio es un cobertizo abandonado, que debió de servir de cuadra porque huele muy mal todavía: tiene el tejado de cinc y en cuesta, sólo hay que encaramarse y dejarse resbalar; al final, se cae sobre un montón de hierba.

—Es un tobogán —dice Juan—, se llama tobogán.

Todos subimos y todos caemos sobre la hierba seca. Una de las veces he sentido un dolor muy raro, junto al pililín, pero no he hecho caso. Al acostarme, he visto que tenía sangre en los calzoncillos y que, siempre junto al pililín, en la bolsa que guarda los huevitos, había un sitio que me escocía mucho. Pero no he querido decir nada a nadie porque me daba vergüenza. Al día siguiente me dolía cada vez más y tenía que andar encorvado.

—¿Qué te pasa? —me preguntó mi madre.

Yo no contesté, pero al llegar la noche, me dolía tanto que me puse a llorar a gritos. Todos se enteraron, hasta la abuela Vicenta, y llamaron al médico, que vino y me hizo mucho daño.

—Te han dado dos puntos —me dijeron.

Y me acuerdo muy bien de cuando me los dieron: sentí un dolor agudo que parecía que no iba a terminar nunca y que avanzaba dentro de mí, cada vez con más fuerza... y luego el olor, un olor a alcohol, pero muy ácido, muy ácido.

Me tuve que quedar dos días en la cama porque tenía un poco de fiebre y tía Concha vino a verme:

—Tenías que haberlo dicho desde el primer día —me dijo—. Si lo hubieras dicho, no te habrían hecho nada de daño... cuando te duela algo, tienes que decirlo inmediatamente, ¿comprendes?

—Sí.

—Y ahora, ¿estás mejor?

—Sí.

Tía Concha se sonríe antes de preguntar:

—¿No te duele?

—No, no.

He vuelto a la escuela con el pililín y la bolsa de los huevitos llenos de esparadrapos, y se los he enseñado a todos mis condiscípulos, que nunca habían visto una cosa igual; porque hubo uno que vino con la cabeza vendada durante una semana, pero con el pililín, nadie; era la primera vez que se veía semejante cosa, y yo tuve que enseñarlo hasta a los mayores, que vinieron de la otra escuela, para contemplarlo.

Por fin llegó el día de fin de curso. Fuimos a misa por la mañana, todos de dos en dos, yo con Fonso, el Maninas al lado, y después, en la escuela, se recitaron poemas. A mí me tocó recitar una fábula de Iriarte que comienza diciendo:

Cerca de unos prados
que hay en mi lugar,
pasaba un borrico
por casualidad.

y el borrico encuentra una flauta y toca por casualidad y se alegra mucho porque cree que sabe tocar, pero la fábula termina:

Sin reglas del arte,
borriquitos hay
que una vez aciertan
por casualidad.

Me aplaudieron mucho, pero al que más aplaudieron fue a mi primo, Juan, que recitó un romance que viene en la *Enciclopedia* y que se titula «Romance del Conde Arnaldos», y es la historia del conde Arnaldos, que se va a cazar a la orilla del mar y que ve venir un barco del que sale una canción muy linda; y el conde se queda maravillado y todo termina así, cuando el conde dice:

Por Dios te ruego, marinero,
digasme ora ese cantar.

y el marinero responde:

Yo no digo esa canción
sino a quien conmigo va.

El romance es el mejor de toda la *Enciclopedia* y muy difícil de recitar porque viene en un español de esos que llaman antiguo; a mí me gusta mucho porque es un poco misterioso, porque no se sabe cuál es la canción y el marinero no la vuelve a cantar nunca; y todo esto me recuerda un poco el cuento de la voz misteriosa que me contaba María Luisa, y en el que tampoco se sabe nada, y todo queda así, en el misterio.

En los premios no he tenido suerte, porque había muchas cosas, pelotas, pistolas, libros, mapas, pero a mí me llamaron muy al final y sólo pude escoger un coche de cuerda que al andar echa chispas.

A Juan le ha tocado un libro de cuentos de piratas y a Luisa un costurero, pero los dos pasaron a recoger sus premios al principio y a mí sólo me llamaron al final; pero no porque no haya estudiado ni sea tonto, sino porque como sólo voy a la escuela desde enero, pues no he tenido tiempo de estudiar tanto como los otros.

Me he vuelto un poco triste a casa con mi coche, que en cuanto ha corrido una docena de veces, ya no echa chispas, y también me parece que la cuerda se empieza a estropear.

Me he acordado de mi coche amarillo, que se quedó en Bilbao, y de María Luisa, y me he sentido muy triste.

Juan me ha dejado su libra de cuentos y he leído un poco, pero estoy tan triste que ni siquiera me intereso por los comentarios de mi primo:

—¡Te das cuenta! —dice— sería formidable tener un barco... un barco pirata; te vas al mar, pones bandera negra, que es la bandera de los piratas... y ¡ale! a robar.

Yo me acuerdo de los barcos de la ría de Bilbo.

—Lo peor son los corsarios —continúa mi primo Juan—, los corsarios unas veces están en contra de los piratas y otras no, nunca se sabe; por eso, cuando viene un barco corsario, la primera cosa que hay que hacer es disparar todos los cañones.

Por las noches, en Bilbao, yo oía cañones.

—Y luego, ¡al abordaje! Te pones el cuchillo en la boca y te vas contra el otro barco.

Tía Concha sigue en la cama, enferma, y he tenido que ir a enseñarle mi coche de cuerda; me ha dado un beso muy fuerte porque, a lo mejor, se ha dado cuenta de que estoy muy triste.

La abuela Vicenta nos ha dado una peseta a cada uno: una a Luisa, otra a Juan y otra a mí. Nos hemos comprado dos barras de regaliz cada uno y hemos pedido a Francisca una taza con agua, luego hemos disuelto el regaliz y hemos hecho una especie de café, pero más frío. Yo me he bebido una taza y me duele un poco la tripa.

Como nos ha sobrado dinero, Juan ha dicho que vamos a hacer un tesoro y a enterrarlo no sé dónde, y que luego hay que poner señales para encontrarlo y dibujar un mapa con una cruz en el medio.

Luisa se ha comprado unos caramelos redondos de color naranja y con una estrella roja en el centro, y yo me he acordado, de repente, de los caramelos que chupaba en Bilbao. Los caramelos de Bilbao eran amarillos y aplastados, venían envueltos en papel blanco y los hacían los ciegos; en Bilbao todos me daban caramelos de ésos.

Luisa me ha dejado chupar un buen rato uno de sus caramelos, pero se lo he tenido que devolver. A Juan también se lo ha dejado chupar un rato, pero como lo mordió, Luisa le tiró del pelo y lo llamó:

—¡Indino!

La noche del 24 de julio de 1938, los republicanos cruzan el rio Ebro por pequeños grupos: dos días después, 50.000 republicanos han pasado el Ebro y avanzado 20 kilómetros a pesar de la aviación nacionalista. El 1 de agosto comienza la gran batalla del Ebro: los republicanos sufren pérdidas terribles; la división 42 es liquidada.

Tío Alberto y mi primo Alberto han venido esta mañana. Mi primo Alberto viene muy contento porque ha aprobado sus exámenes. Tío Alberto está como siempre, calvo y con gafas; como le han militarizado, como él mismo dice, de vez en cuando se pone un uniforme caqui con tres estrellas de capitán y una gorra de plato.

—¿Te acuerdas de cuando me llamabas *Onkel?*

Sí, sí, *der Onkel,* claro, todavía me acuerdo, pero el alemán se me va olvidando; ahora que ya sé leer, no tengo ningún libro alemán; mi madre me ha buscado un profesor de alemán, pero aquí, en Bembibre, no hay nadie que sepa esta lengua.

Mi primo Alberto fuma unos cigarrillos muy raros:

—Son italianos —dice—, me los dio un amigo, son muy difíciles de encontrar; pero en Salamanca, seguro que los encontraremos.

Porque nos vamos a Salamanca; a tío Alberto le han destinado a Salamanca y de un momento a otro nos vamos a marchar.

—¿No nos vamos a Bilbao? —le pregunto a mi madre.

—No, guapo, nos vamos a Salamanca.

Mi primo Juan me ha enseñado en un mapa dónde están Bembibre, Bilbao y Salamanca: se ve que todo está lejos.

La abuela Vicenta no viene con nosotros, dice que se quiere quedar en su casa y que no le interesa ver mundo. Francisca, en cambio, se viene con nosotros, y está muy contenta.

Una mañana nos despertaron muy temprano y nos llevaron a la estación. Intentamos seguir durmiendo en el departamento porque aún era muy pronto, pero fue imposible. Alberto, Luisa, Juan y yo teníamos ganas de dormir, pero tío Alberto, tía Concha, mi madre y Francisca no paraban de hablar y colocar bultos y maletas.

El paisaje era negro y lleno de humo; el cielo, lechoso; parecía que el sol no iba a salir nunca y luego olía a carbonilla y los agujeros de la nariz se secaban.

—¡Mirad, mirad! ¡Soldados!

Sí, en la estación de enfrente, no sé dónde, nuestro tren marchaba lentamente ante una hilera de soldados.

—Vienen del frente.

—No, no, van al frente —explicó tío Alberto.

—¡Pobrecitos! —dijo tía Concha.

—¡Hay que ir a la guerra! —exclamó mi primo Alberto.

—¡Qué sabes tú!

Creo que tía Concha tenía razón; mi primo, con su pantalón largo y sus cigarrillos italianos, no podía saber nada de la guerra; ni siquiera había oido tiros por la noche como yo, ni siquiera había visto un puente roto... no, no podía saber nada.

Tío Alberto empezó a hablar:

—Os he encontrado una casa pequeñita, pero muy independiente, con un patio para que jueguen los niños.

Me eché a imaginar cómo sería nuestra nueva casa y vi una especie de pabellón enorme, en medio de un bosque, cerca de un estanque lleno de peces de colores... pero luego se vio que no, que nada de lo que yo había imaginado salía verdadero.

El viaje fue muy largo y muy cansado; el tren se detenía cada poco y no corría nada, nosotros teníamos hambre y sed, y mi tía Concha estaba muy pálida.

—¿Qué tal te sientes?

—Bien, bien; no os preocupéis.

Tía Concha se cansaba más que nosotros porque estaba enferma; pero todos parecían enfermos en aquel tren; Luisa vomitó dos veces y tenía cara de muerta; Alberto no decía nada, no hacía más que morderse las uñas; Juan tenía los ojos rojos y negros y hasta mi madre parecía más pálida.

Al anochecer casi todos nos dormimos, los unos sobre los otros, mezclados, como si fuéramos ovejas, y por las ventanillas, que cerraban mal, empezó a entrar un aire un poco frío.

Había luces y mucho polvo cuando llegamos a Salamanca. Tío Alberto desapareció y nos dejó allí, en el andén, con las maletas y los bultos; tía Concha tuvo que sentarse en una maleta porque no podía tenerse en pie. Al poco rato apareció un hombre con gorra de plato:

—¿Señora de Faber?

La señora de Faber es mi tía Concha, porque mi tío se llama Alberto Faber.

El hombre de la gorra de plato nos llevó las maletas hasta un automóvil muy grande, casi una furgoneta, donde nos esperaba mi tío. Yo tenía tanto sueño que me dormí durante el trayecto. Me despertaron cuando se paró el automóvil.

Entramos en una habitación con dos camas, donde dormimos.

120

Nuestra casa de Salamanca es una casa de un solo piso, con ventanas muy bajas. Hay muchas habitaciones y un patio de losas rojas que se pone caliente con el sol. La casa está construida en un descampado al lado de la vía del tren. El tren pasa casi delante de casa, por una amplia trinchera que parece un barranco. Al lado de nuestra casa hay otra casa, pero detrás no hay nada: un campo pelado de tierra endurecida donde podríamos jugar si no vinieran todos los días los soldados. Los soldados vienen formados y hacen la instrucción; son muchísimos, mi primo Alberto dice que por lo menos son quinientos.

Nuestra casa huele a cal porque dicen que la acaban de construir. Francisca se queja porque la chimenea de la cocina tira muy mal.

—Las casas nuevas son así —dice mi tío Alberto.

A mí no me gustan las casas nuevas porque no huelen a nada. Además, esta casa nuestra tiene muy pocos muebles, no tiene alfombras ni cuadros, y todas las habitaciones parecen frías.

Lo mejor es ver pasar los trenes: meten mucho ruido y se sabe cuándo vienen porque se ve el humo de la locomotora desde lejos.

En la casa de al lado vive un chico que se llama Ezequiel; Ezequiel tiene nuestra edad y parece muy simpático, gesticula mucho porque es sordomudo, pero uno se puede entender muy bien con él. Ezequiel, cuando quiere pan, muestra su mano con el puño cerrado, y cuando quiere chocolate, chasquea la lengua. Su madre, una señora mucho más vieja que mi madre, le deja jugar con nosotros por la tarde. Al principio, ha sido muy difícil jugar con él porque no nos comprendía, pero Juan tuvo una idea:

—Como es sordo, no nos puede oír —dijo—; hay que hablarle por señas, de la misma manera que nos habla él.

Y Juan ha empezado a hacer gestos que Ezequiel ha entendido enseguida. Yo también me he puesto a hacer gestos. Cuando estamos con Ezequiel, Juan y yo, parecemos tres sordomudos. Levantar la mano y los ojos, quiere decir que nos vamos; cerrar los ojos y apoyar una mano en la mejilla, que nos vamos a dormir; abrir la boca y masticar, que nos vamos a comer; abrir las manos, que no tenemos nada de lo que nos pide o que no entendemos.

Ezequiel es muy moreno y con la cabeza cuadrada, tiene un aro de hierro que nos presta para jugar; también tiene mucha fuerza, más que nosotros, y cuando jugamos a ver quién cae primero, Ezequiel gana siempre.

Ezequiel nos ha enseñado un juego muy interesante y que consiste en poner cosas sobre la vía del tren y esperar a que venga el tren. Ezequiel coloca dos puntas cruzadas, y cuando el tren ha pasado por encima, las puntas se han convertido en cruces que parecen tijeras.

Mi primo Alberto tienen otros amigos de su edad: uno que es muy alto y otro que siempre va vestido con pantalones de montar a caballo. Juan y yo les llamamos el Alto y el Pepino, porque el que lleva pantalones de montar, tiene la cabeza en forma de pepino.

La que no tiene amigas es mi prima Luisa, que se aburre mucho. Luisa se está volviendo muy rara, no quiere jugar con nosotros porque dice que se aburre, y tampoco quiere quedarse todo el tiempo en casa, porque dice que no sabe qué hacer.

Tía Concha se pasa el día en la cama, mi madre dirige todo y nos da de comer y nos viste. Tío Alberto vuelve por la noche muy cansado y sin ganas de hablar, dice que tiene mucho trabajo y que está deseando que se acabe la guerra. A mi tío Alberto le han dado un coche del ejército con un soldado para conducir. El soldado se llama Felipe y enseguida nos ha caído simpático, porque nos deja montar en el coche cuando viene a buscar a mi tío. Felipe, además, siempre anda diciendo cosas a Francisca, y Francisca se ríe mucho.

Ya conocemos Salamanca. Conocemos la catedral, que se ve desde casa, con dos torres doradas, y conocemos la Plaza Mayor, que es la mayor plaza que he visto, y que se ilumina toda cuando los nacionales toman alguna ciudad.

La iglesia de la que mejor me acuerdo es la de San Juan o *Sanalgo*; una iglesia grande y oscura, y en la que pasamos mucho miedo, por eso me acuerdo tan bien. Íbamos por la calle, Juan, Luisa y yo con mi madre, cuando sonaron las sirenas.

—¡La sirena!

Las sirenas son como las de los barcos de Bilbao, pero más agudas; y cuando suenan las sirenas, quiere decir que vienen los aviones a tirar bombas. Mi madre nos metió en la iglesia y allí nos estuvimos oyendo explosiones todo el rato. Luisa lloraba, Juan tenía ganas de hacer caca y yo no podía hablar, de miedo. Había una puerta que metía mucho ruido cada vez que alguien entraba o salía, y a mí me parecía que los aviones estaban encima de nosotros y que dejaban caer bombas allí mismo, a la puerta de la iglesia.

Había dos hombres a nuestro lado que comentaban después de cada explosión:

—Eso ha sido una bomba.

—Eso son los antiaéreos.

—Eso es otra bomba.

Y así todo el tiempo.

Lo peor fue cuando se iluminó una luz en el púlpito y apareció un cura; el cura empezó a decir que los que se quisieran confesar que podían hacerlo, y cuando los curas dicen eso, es que todos podemos morir de un momento a otro. También dijo que no teníamos que tener miedo y que íbamos a rezar el rosario:

—En espera de lo que Dios quiera enviarnos.

Yo lo comprendí muy bien, quería decir que podíamos morir y que había que prepararse. Se seguían oyendo explosiones, como las que oí en Bilbao, pero más cerca, y me tapé los oídos con las manos porque no podía más de miedo.

Luisa y Juan estaban abrazados a mi madre y no me dejaban a mí nada que abrazar, por eso me acurruqué en el suelo y me puse a llorar como los demás.

Mucho tiempo después, no sé cuánto, mi madre dijo que ya nos podíamos ir, que ya no había peligro. Salimos de la iglesia sin dejar de llorar; y desde aquel día, cada vez que pasábamos por allí, me entraba un miedo terrible.

—No hay que tener miedo.

Sí, mi padre me había dicho que no había que tener miedo, pero mi padre no me habló de los bombardeos, sólo hablaba de fantasmas y cosas así, como los duendes y los trasgos, de los que nunca he tenido miedo; porque un duende o un fantasma no nos puede hacer nada, pero un avión que pasa por encima todo cargadito de bombas, sí.

También me acuerdo de otro bombardeo, pero no sé si fue antes o después del que pasamos en la iglesia de San Juan o *Sanalgo*.

Recuerdo que estábamos en casa; tía Concha estaba peinando a Luisa, cuando sonaron las sirenas.

—¡Corred al refugio! —nos dijo tía Concha.

Porque tía Concha, como está tan enferma, no puede moverse de casa.

Salimos corriendo, Alberto iba delante y yo iba detrás, pero como iba en zapatillas no podía correr bien, detrás venían mi madre, Francisca, Juan y Luisa; a Luisa había que llevarla de la mano porque no sabía correr como nosotros.

El refugio era un almacén lleno de sacos, al lado de un patio donde había un par de mulas. Cuando llegamos, ya había mucha gente y se empezaban a oír las explosiones.

Yo me pegué a mi madre y me puse a aguantar mi miedo como los demás. Luisa estaba muy enfadada porque con los empujones la habían despeinado. Francisca llegó detrás de nosotros y me dio mis zapatillas.

—Corriste tanto que las perdiste —me dijo.

Entonces me di cuenta de que estaba descalzo.

Alguien empezó a protestar:

—¡Llamar refugio a esto! Es el colmo, sólo porque hay unos cuantos sacos y nada más.

—Sin contar —añadió otro— que si cae aquí una bomba, las caballerías se espantarían y nos aplastarían a todos.

Alguien dijo:

—¡Pero se quieren ustedes callar!

Pero yo lo había entendido todo y se lo conté a Juan:

—Si cae una bomba, moriremos todos.

—Sí —me replico—, pero si no cae, no.

Juan y yo nos quedamos esperando a ver si caía o no caía la bomba, durante mucho rato. Una vez sonó una explosión muy cerca y las mulas cabecearon inquietas, pero nada más.

Cuando volvimos a casa, comprobamos que todos los cristales estaban rotos. Tía Concha dijo:

—Ha debido de caer una bomba muy cerca.

Sí, muy cerca. Alberto y su amigo el Pepino nos llevaron a Juan y a mí, a ver una casa rota por todas partes; una casa de un sólo piso como la nuestra, pero faltaba la mitad de una pared y se veía una cama y un lavabo. Había mucha gente y enseguida nos echaron de allí.

Los amigos de Alberto, el Alto y el Pepino y mi primo Alberto han montado un negocio: recogen plomo por todas partes y allí, delante de nuestra casa, lo funden. Encienden una hoguera y ponen un puchero muy viejo encima; en el puchero echan trozos de plomo que parece alambre; después, en el suelo mismo, hacen rayas que sirven de moldes. Poco a poco el plomo se funde; cuando todo está líquido, vierten el puchero en los regueritos y el plomo queda en barritas, que parecen de plata.

Les he pedido una barrita, pero no me la han dado; dicen que las barritas son para vender y que sacan mucho dinero con ellas.

Alberto sale mucho con sus amigos y también debe de ganar mucho dinero, porque siempre tiene cigarrillos y hasta nos ha comprado caramelos a nosotros, a los pequeños, como él mismo dice, como si él fuera mayor, todo porque lleva pantalón largo.

Felipe nos ha llevado en coche a un sitio muy bonito donde hay árboles y muchos niños que juegan en la arena. Luisa ha empezado a correr de un lado a otro, hasta que un soldado vestido de verde la ha llamado: Juan y yo nos hemos acercado también.

El soldado tiene a Luisa sentada en las rodillas y llora. Nosotros estamos muy serios delante de él, y él nos dice:

—*Io so italiano*... soy italiano, y tengo allá una *figlia* como ésta...

Habla con el mismo acento que Palmiro; el italiano acaricia la cabeza de Luisa, que está un poco asustada, la besa y después nos dice:

—Vamos a comprar caramelos...

Nos compra una bolsa a cada uno, pero la de Luisa es la más grande. Como nos tenemos que ir, el italiano vuelve a besar a Luisa y nos dice adiós con la mano, después se queda sentado en un banco, con la cabeza entre las manos, triste, muy triste.

—Era un soldado italiano.

Nosotros conocemos muy bien a los italianos porque los hemos vistos desfilar. También hemos visto desfilar a los alemanes, los alemanes desfilan mejor y tienen una banda de música. Lo que más nos ha llamado la atención ha sido precisamente la banda de música, porque en ella iba un hombre que llevaba una especie de percha toda llena de campanillas, y el hombre golpeaba las campanitas de vez en cuando con una varita que llevaba en la mano.

Nuestra casa, según Alberto, está muy mal situada para los bombardeos:

—Daos cuenta —nos dice—: estamos al lado de la vía, cerca de la estación, y muy cerca también de la embajada italiana y de la embajada alemana.

—¿Y qué? —pregunta Juan.

—¡Cómo que y qué! Pareces tonto. Cuando se bombardea, se bombardea siempre las estaciones y las embajadas. Por lo menos, eso dice todo el mundo.

—Sí, eso sí.

—Claro que ahora se van a acabar los bombardeos porque han llegado aviones de caza para defender Salamanca.

Todos hemos visto estos aviones de caza de los que habla mi primo; son de doble ala y vuelan en escuadrillas de cuatro y de cinco. Pasan muy bajos y hay uno que ha pasado volando entre las dos torres de la catedral, entre la torre de la catedral vieja y la torre de la catedral nueva. Por lo menos, eso nos parece a nosotros, que los miramos volar desde la puerta de casa.

—En cuanto asome un avión rojo —nos explica Alberto—, zas, ra-ta-ta-ta...

Quiere decir mi primo que los aviones de caza tienen una ametralladora en una de las alas, y nosotros intentamos divisarla siempre que pasa un caza.

—También tenemos cañones antiaéreos alemanes —sigue explicando Alberto—. Papá ha prometido que nos llevará a verlos.

Una tarde nos llevan a ver los cañones antiaéreos. Es un cuartel alemán hecho de barracones de madera. Dentro de los barracones hace mucho calor. Hemos visto los cañones, que son muy grandes, y también hemos visto aparatos muy raros, como grandes paraguas de hierro.

—Son para escuchar.

Los alemanes son soldados como los demás, pero tienen un gorro distinto, sin borlita, y visten de azul como los soldados de Aviación.

Alberto está muy entusiasmado con los alemanes y con los aviones, y lee revistas donde vienen fotografías de aviones y de tanques.

—Vamos a ganar la guerra —dice mi primo—, la vamos a ganar de un momento a otro. Los rojos están dando las boqueadas.

Pero parece ser que no es así, y que hay una batalla muy lejos, y que los rojos van ganando. Esto es lo que dice Felipe, el chófer de mi tío:

—Los rojos han pasado el río Ebro.

Yo me imagino que el río Ebro debe de ser como nuestra ría de Bilbao, pero más sucio todavía, y que está lleno de barcos hundidos y de puentes rotos.

—Dicen que hay muchos muertos.

Yo pienso en mi padre y en Palmiro; nadie me ha dicho nunca nada, pero yo les veo a los dos fusilados, caídos junto a una pared de ladrillos rojos y frente a un pelotón de soldados que apuntan sus fusiles. La guerra es la guerra, como dice mi primo Alberto, y parece ser que hay que fusilar; también dice mi primo que cuanto más se fusile, antes terminará la guerra, y todos, me parece, tienen ganas de que la guerra se acabe enseguida.

El amigo de mi primo Alberto, al que llamamos Pepino, cuenta historias de la guerra. Al anochecer, nos sentamos cerca de la vía; enfrente, a lo lejos, se ven los rayos del sol, que tiñen de rojo las torres de la catedral; algunos fuman y todos escuchamos.

—Mi hermano ha venido del frente con una pierna de menos; anda con muletas. Le hirieron en un ataque: dice que subían por un monte al amanecer, cuando el sol no había salido todavía y que era un infierno y que los hombres caían como moscas. Mi hermano iba detrás del alférez, y dice que el alférez se cayó redondo al suelo porque le habían dado un tiro en la boca.

—¿Y murió? —pregunta uno.

—Claro que murió, a ver si te crees tú que cuando te dan un tiro en la boca, puedes volverte a casa tan contento. Mi hermano perdió la pierna cuando atacaron los tanques. Sí, los rojos sacaron sus tanques para impedir que los nuestros avanzaran, pero los nuestros continuaron avanzando como si tal cosa; lo que pasa es que los tanques disparan por todos lados.

—Si —explica mi primo Alberto—, tienen un cañón en la torreta, y ametralladoras por los lados.

—Eso es; mi hermano se tiró al suelo porque el tanque había empezado a disparar; pero una ráfaga de ametralladora le cortó una pierna.

Todos nos quedamos callados.

—Se quedo allí tirado —continúa el Pepino— mucho tiempo, porque como la batalla continuaba, no podían retirar a los heridos, pero más tarde vinieron los camilleros y se lo llevaron al hospital.

El Pepino cuenta muy bien.

—Mi hermano estuvo también en la batalla de Teruel, y dice que hacía tanto frío que los muertos se quedaban tiesos como si fueran de alambre, y que a un muerto así, no hay quien le doble un brazo ni una pierna de lo tiesos que están.

—Congelados.

—Eso es, congelados. Y dice que había tanta nieve que no se podía andar ni nada, y que se tenía que quedar todo el tiempo metido en un hoyo y disparando.

Mi primo Alberto no sabe contar historias como su amigo el Pepino, pero como lee revistas, también sabe mucho:

—¿Y no sabéis lo que ocurrió en Teruel? Pues en Teruel hay un río, y cuando se acercaron los nuestros, no podían pasarlo y se quedaron allí; y por la noche vieron que venía un muchacho como nosotros, nadando por el río. Y era un chico de los nuestros que se había escapado de los rojos y traía a cuestas a su hermano pequeño. Pero cuando los sacaron del agua, el hermanito pequeño estaba muerto de frío.

Mi primo Alberto suele decir también:

—Si dentro de dos años hay guerra todavía, me iré voluntario porque ya tendré la edad.

A mí no me gusta la guerra y a Juan tampoco; tenemos mucho miedo de los aviones, y, luego, esas historias que cuentan Alberto y el Pepino son muy tristes, y siempre hay un herido o un muerto por medio.

—Todo lo que no sea ser pirata —dice Juan— no merece la pena. En los cuentos de piratas nunca hay muertos; se hunden los barcos, eso sí, pero las tripulaciones se salvan y van a parar a una isla desierta, donde siempre hay un tesoro.

Y cuando muere alguien es o porque es muy viejo o porque es un bandido redomado.

Sí, tiene razón mi primo; en cambio, en la guerra, muere todo el mundo, sean viejos o no, y le matan a uno sin enterarse: vas andando por un monte o por un camino, y zas, te dan un tiro en la boca, como al alférez del hermano del Pepino.

Luisa, sobre todo, tiene mucho más miedo de la guerra que nosotros. No quiere oír hablar de batallas, y cuando mi primo Alberto comienza a contar alguna, siempre le dice:

—Sólo sabes hablar de la guerra.

—Estamos en guerra.

Juan y yo hemos vuelto a hablar por las noches; dormimos en el mismo cuarto que Francisca, pero Francisca se acuesta muy tarde y tenemos mucho tiempo hasta que viene, de hablar. Nos solemos dormir antes de que ella venga, pero yo, algunas veces, me he quedado despierto para ver cómo se desnuda: cuando llega me hago el dormido y abro un poco los ojos, pero no se ve nada porque Francisca se sienta en la cama para desnudarse, de espaldas a nosotros; sólo una vez le vi las tetas, pero fue sólo un momento; y como no merece la pena, procuro dormirme al mismo tiempo que Juan.

Juan me pregunta:

—¿Te irás tú a la guerra?

—No.

—Yo tampoco; lo peor es que te obligan a ir, cuando llegas a cierta edad, a los veintiún años, creo, tienes que vestirte de soldado e ir a la guerra.

—Pues yo no iré, diré que estoy enfermo como tía Concha y no iré.

—No, yo tampoco iré. Ya verás, diremos que nos duele la tripa, como cuando no queríamos ir a la escuela. Es lo mejor, nos metemos en la cama y se acabó.

—Si no hubiera aviones —reflexiono—, todavía... pero con los aviones...

—A papá tampoco le gusta la guerra; se pasa todo el día renegando.

—No le gusta a nadie.

—Entonces, ¿por qué se van todos a la guerra?

—No sé.

—Sí, porque los rojos son malos y hay que matarlos a tiros, y hay que matarlos a todos; si no les matas, eso es lo que dice Alberto, si no les matas tú, te matan ellos.

Hacía tiempo que yo quería decirle una cosa a Juan:

—Oye —le digo—, mi padre era rojo.

—No, no lo era.

—Te digo que sí, pregúntaselo a mi madre si quieres, era rojo, era socialista, y toda su familia también.

—¿Nosotros?

—No, su familia, la de mi padre, una familia de Andalucía, todos rojos y todos socialistas; y por eso lo mataron.

—No puede ser.

—Sí, y mi padre no quería matar a nadie, nunca le oí que quisiera matar a nadie; pero lo cogieron prisionero y lo fusilaron. Y a Palmiro, un amigo nuestro que era italiano, también lo cogieron y le mataron.

—Pues yo creía que todos los italianos eran de los nuestros.

—Pues Palmiro no lo era, y mi padre tampoco.

—No, no... tuvo que haber una equivocación. Ninguno de nuestra familia es rojo.

—Pues mi padre sí lo era.

Juan empieza a hablar para decirme que no puede ser y que todo ha sido una equivocación, y muchas cosas así por el estilo; pero sé muy bien lo que ha pasado y no me dejo convencer.

132

Al día siguiente Juan pregunta a Alberto:

—Oye, ¿tú crees que tío José era rojo?

Mi primo Alberto me mira un momento antes de responder:

—Sí, era rojo, pero era bueno.

—Pero Pepito dice que lo fusilaron los nacionales.

—Sí, es verdad, pero es que estamos en guerra. ¿No os dais cuenta? Cuando hay guerra, hay que fusilar a todos, aunque sean buenos como el tío José.

Yo no digo nada y mi primo Juan tampoco, nos alejamos de Alberto, que repite:

—Pero el tío José era bueno.

Juan se ha quedado muy pensativo y no me vuelve a hablar de mi padre.

Desde agosto a septiembre de 1938 se suceden cuatro
ofensivas nacionalistas en el Ebro. Los republicanos
agotan todos sus recursos, material y hombres, en
octubre.
En septiembre, en Europa, la crisis de Checoslovaquia;
las llamadas democracias se pliegan a las exigencias de
Hitler.
El general Franco proclama la neutralidad.

Hemos ido a un cine que se llama el Cine Taramona, y hemos visto una película de Shirley Temple titulada *La pequena coronela*. En cuanto ha empezado la película, se me han venido muchos recuerdos a la memoria.

Porque en Bilbao yo también iba al cine y al teatro; me llevaba mi padre y recuerdo una pelicula de dibujos donde había una gallina que ponía muchos, muchísimos huevos, y los huevos eran de chocolate y bajaban como por una cañería, y cuando llegaban abajo, había unos conejos que los pintaban de colores, y los huevos se convertían en huevos de Pascua.

Y también me acuerdo de haber ido al teatro con María Luisa, y de haber visto a los tres cerditos y al lobo feroz; y los tres cerditos estaban en una choza, y llegaba el lobo y soplaba, y la choza salía volando por el aire y los cerditos echaban a correr; pero todo acababa bien, y los cerditos y el lobo jugaban al corro y cantaban eso que cantan los niños muy pequeños:

Quién teme al lobo feroz,
al lobo, al lobo...

El cine Taramona está lleno de niños y de mamás; la película es muy bonita y muy triste, y hay una niña que juega a los soldados con su abuelo. Yo no comprendí muy bien, porque también había una guerra en la película, y siempre que hay una guerra yo lo embarullo todo, pero mi primo Juan me lo explicó más tarde:

—Es una guerra en América, entre los que son del Sur y los que son del Norte.

¡Ahora me lo explico! Mi padre y los rojos son del norte, y por eso están en guerra contra los del sur; eso es lo que debe de pasar y no el que unos sean malos y otros buenos, como dice Alberto. Así todo es más facil: el norte contra el sur; cuando los del sur cogen a un prisionero le preguntan:

—¿De dónde eres tú?

—Del norte.

Pues ya está, pim-pam, cuatro tiros y a otra cosa. Y lo mismo pasa cuando los del norte cogen a uno del sur:

—¿De dónde eres tú?

—Del sur.

Pim-pam, cuatro tiros.

Todo se explica así, y a mi padre lo mataron porque era del norte, y lo mataron los del sur porque eran del sur.

Tío Alberto ha venido muy contento y me ha regalado un libro, mi primer libro. En realidad no es enteramente un libro, por lo menos un libro como los demás: sólo tiene treinta y seis páginas, pero las páginas son muy grandes y a dos columnas. El libro es una novela de Buffalo Bill y se titula *Un rapto y una boda*. Me he puesto inmediatamente a leerlo, pero no leo muy deprisa y la novela tiene la letra muy pequeñita. El asunto es también de guerra; los indios comanches contra la banda de Buffalo Bill y sus amigos, Pico Salvaje, Pawell, el viejo Nick y el pequeño Cayuso. Cayuso es también indio, pero no un indio comanche, sino de otra tribu de nombre muy raro. Buffalo Bill y los suyos tienen mucha puntería y matan muchos indios, los indios no matan a nadie porque tienen muy mala puntería. Se trata de salvar la vida a una pareja de recién casados indios, que están cercados por los comanches. Y todo acaba cuando Buffalo Bill, en duelo, mata al jefe indio de los comanches, que se llama Ojo de Halcón. Toda la aventura ocurre cerca de las Montañas Rocosas, que están en América.

—¿Te ha gustado? —me pregunta mi tío Alberto.

Yo le digo que sí, que me ha gustado mucho.

—Pues te compraré más, porque éste es el primer número de la colección, pero hay muchos más títulos.

Mi primo Juan, que lee todo mucho más deprisa que yo, ha leído también mi novela y ya no quiere ser pirata.

—No, nada de piratas; luego de todo, pasarse la vida en el mar tiene que ser muy aburrido; lo que hay que ser es cazador, como Buffalo Bill, cazador de bisontes y explorador. Y tener un buen rifle, comer tasajo...

—¿Qué es *tasajo?*

—Cecina, carne salada, carne seca... eso es lo bueno; y sobre todo, tener un caballo para galopar por la pradera.

Buffalo Bill tiene todo lo que dice mi primo y muchas cosas más: una cantimplora, una manta y dos revólveres con su cinturón lleno de cartuchos; sin contar el cuchillo, que lo mismo sirve para cortar tasajo que para matar.

Algunas noches sueño con Buffalo Bill o con el coronel Cody, como dicen en la novela, le veo muy bien con su pelo largo y su perilla y su bigote, con su sombrero blanco de anchas alas y encima de un magnífico caballo también blanco; lleva un rifle colgando del arzón y galopa deprisa, mucho más deprisa que sus perseguidores, que son una banda de indios pintarrajeados y con plumas, los comanches sin duda, y que quieren cogerlo prisionero para arrancarle la cabellera.

Esto de arrancar la cabellera a los prisioneros debe de ser muy difícil, se trata de arrancarles con un cuchillo el cuero cabelludo, y luego el prisionero se queda completamente calvo, como una bola de billar, según dice la novela.

Mi primo Juan asegura:

—A los prisioneros hay que arrancarles la cabellera, es mucho mejor que fusilarlos.

—Aquí los fusilan —digo yo.

— Bueno —replica categórico mi primo—, pero España no es América.

Claro que a mi tío Alberto, por ejemplo, es muy difícil arrancarle la cabellera porque apenas tiene pelo, sólo detrás de las orejas.

Mi madre nos ha llamado a Juan y a mí:

— Esta tarde vendréis conmigo a la iglesia; vais a prepararos para hacer la primera comunión.

Parece ser que la abuela Vicenta escribe diciendo que tenemos que hacer la primera comunión enseguida.

La iglesia está llena de niños y niñas y lo pasamos muy bien; hay un cura que explica no sé qué, pero nosotros no le oímos; jugamos y enredamos en los bancos. Juan y yo tenemos delante un banco lleno de niñas y las tiramos del pelo: ellas se ríen en voz baja, pero no protestan.

Tío Alberto nos pregunta:

— ¿Qué queréis como regalo cuando hagáis la primera comunión?

Nosotros no sabemos muy bien; nos gustaría un aro de hierro como el de Ezequiel, el sordomudo, o un libro, o un automóvil como el que se me quedó en Bilbao.

—¿Qué decidís? —insiste tío Alberto.

Pero nosotros no sabemos muy bien, porque hay mucho para escoger.

Bueno —dice tío Alberto—, yo os haré un regalo a cada uno.

Decimos que sí.

—Y también os haremos fotografías, y recordatorios muy bonitos con vuestro nombre y todo.

Para comulgar tenemos que hacernos un traje blanco cada uno, y una mañana salimos con mi madre de tiendas. Mi traje me está muy bien, me parece, pero el de Juan le viene un poco grande. El sastre dice:

—Mejor para cuando crezca.

Porque la verdad es que Juan tarda en crecer, no sé qué le ocurre, cada día tiene más pecas, pero no crece nada; al principio éramos iguales y ahora resulta que yo soy más alto. Alberto y Luisa crecen muy bien, cada día más altos, como yo, pero a Juan no sé qué le pasa.

Tía Concha dice que nos quiere preparar para la confesión, y una tarde entramos Juan y yo en su cuarto; tía Concha, en la cama, hace punto como siempre.

—Vamos a ver, dadme un catecismo.

Se lo damos y empieza a preguntarnos mandamiento por mandamiento los diez mandamientos de la Ley de Dios; y al llegar al sexto, que es no fornicar, dice:

—Bueno, de éste nada, porque todavía sois pequeños.

Pero yo no soy tan pequeño, yo he visto desnuda a Francisca y eso tiene que entrar en el sexto mandamiento, aunque, por otra parte, ver desnudarse a una mujer no puede ser como fornicar. Seguro que no.

Tía Concha nos hace un resumen de los pecados y nosotros vamos a confesarlos.

El cura que me confiesa parece muy amable y enseguida me empieza a hablar de lo importante que es para mi alma hacer la primera comunión, y que en cuanto comulguemos, seremos como los ángeles del cielo.

La comunión es por la mañana temprano, en una iglesia que hay cerca de casa y en unión de otros niños y niñas. Juan y yo vamos de blanco, como todos, y hasta Luisa ha dicho que estamos muy guapos.

Tengo miedo, no mucho, porque me han dicho que hay que tener cuidado y no masticar la hostia; lo mejor, al parecer, es no tocarla con los dientes.

Comulgamos todos y luego unas monjas nos dan de desayunar: un tazón de chocolate y bizcochos muy dulces para mojar; también nos dan una lámina, donde se ve a Cristo con una gran copa en la mano y rodeado de ángeles entre nubes.

Al volver a casa, mi tio Alberto me entrega una caja:

—Tu regalo.

Es un cañón.

Un cañón pintado de gris que dispara una bola dorada, y la dispara lejos, lo menos cinco metros. Pero yo no tengo ganas de jugar con el cañón, y me voy a ver a tía Concha.

—¿Qué quieres?

—Quiero morirme.

Debo de tener la cara muy seria, pero no triste, porque tía Concha me hace sentar a su lado, me da un beso y me pregunta:

—¿Por qué quieres morirte?

—Porque si me muero ahora, que acabo de comulgar, me iré al cielo derecho.

—¿Y tú quieres ir al cielo?

—Sí, con mi padre y con Palmiro.

Tía Concha me coge en brazos y me dice llorando:

—No pienses esas cosas, guapo mío, no pienses esas cosas... Eres muy bueno y, aunque no te mueras ahora, irás al cielo de todas las maneras.

—Pero ahora seguro que me iba al cielo.

—Y luego también, Pepito rico, y luego también. Pero ahora tienes que vivir, porque si no, tu mamá se quedaría muy sola, sin papá y sin ti. ¿Comprendes?

—Sí.

—Pues anda, dame un beso y prométeme que no volverás a pensar en eso.

—Bueno.

Le doy un beso y me voy con mi madre. Mi madre está un poco emocionada porque yo estoy muy guapo vestido de blanco y:

—Te pareces mucho a papá.

Yo me acuerdo bastante bien de mi padre y no comprendo cómo me puedo parecer a él, pero mi madre lo dice y mi tío Alberto también.

—Y ahora, anda a jugar, pero ten cuidado, no te manches.

Juan ha recibido como regalo una caja con doce soldados de plomo.

—Son de infantería y están desfilando.

Enseguida empezamos a jugar: Juan coloca sus soldados por todas partes y luego disparamos el cañón; para no perder la bala, porque sólo tenemos una, disparamos piedras pequeñitas que caben muy bien en el cañón. Los soldados reciben las piedras, unos caen y otros no, según, y la batalla acaba cuando no queda ningún soldado en pie.

La batalla del Ebro le ha costado a la República
Espanola alrededor de 100.000 bajas, entre muertos y
heridos y prisioneros.

Francisca, la criada, y Felipe, el chófer de mi tío Alberto, deben de ser novios. Todos los días se andan buscando y tocando. Francisca nos saca de paseo y siempre nos encontramos con Felipe, que nos está esperando; luego, mientras nosotros jugamos, ellos se sientan en un banco muy juntos.

Francisca se ríe todo el tiempo y Felipe también; cuando volvemos a casa, al anochecer, Francisca nos manda entrar y ella se queda un rato más con Felipe en la puerta. Francisca se cree que no nos damos cuenta, pero, por lo menos Juan y yo, nos damos cuenta de todo. Por ejemplo, que se dan besitos en la cara como los niños pequeños.

Felipe, desde que Francisca es su novia, nos trae caramelos y siempre quiere llevarnos en coche. Como le vemos tan simpático, Juan se ha decidido a pedirle tabaco.

—Pero ¿vosotros fumáis?

—Un poco.

—Sí, un cigarrín de vez en cuando —dice Juan.

—Pero no tenemos vicio —añado yo.

Felipe se ha reído un poco y nos ha dado un cigarrillo a cada uno.

—Pero tened cuidado, es un tabaco fuerte.

Mi primo Juan ha tosido hasta que se le saltan las lágrimas, yo también he tosido, pero menos.

Francisca sabe que fumamos, pero no dice nada; se ve que está muy contenta porque no nos riñe nunca. Cuando se acuesta, se la oye suspirar, y una noche desperté a mi primo para que oyera a Francisca soñar en voz alta; Francisca hablaba mucho, pero no se le entendía nada.

—Eso es que tiene novio —me aseguró Juan.

Le hemos preguntado a Felipe:

—Oye ¿Francisca es tu novia?

—¿Os lo ha dicho ella?

—No, pero nosotros lo sabemos.

Felipe ha llamado a Francisca y le ha preguntado delante de nosotros:

—Oye, los chicos preguntan que si somos novios. ¿Qué les digo?

—No, todavía no somos novios —ha dicho Francisca—, pero lo vamos a ser muy pronto.

Pero la guerra no se acaba y todo el mundo sigue hablando de ella, sobre todo mi primo Alberto.

Un día, al volver del paseo, nos encontramos a tío Alberto en casa con dos señores.

—Los chicos al patio, que no molesten.

Parece ser que tía Concha está otra vez muy enferma, y los dos señores, que son médicos, no quieren que entren los niños, aunque ya no somos tan pequeños y sabemos estarnos quietos cuando nos lo mandan.

Mi madre nos da de cenar en la cocina y nos dice:

—Y ahora os vais a acostar sin meter ruido, y os vais a dormir enseguida.

—Yo quiero ver a mamá —dice Luisa.

—No puede ser, mañana por la mañana la verás, hoy está muy cansada y no hay que molestarla.

—Quiero ver a mamá —y Luisa empieza a hacer pucheros.

—No puede ser, no puede ser...

Mi primo Alberto pregunta:

—¿Es que está muy grave?

—No, no os preocupéis por eso; tu madre está muy cansada, y acaban de verla los médicos, está muy cansada y tiene que quedarse en la cama. En reposo, eso es, en absoluto reposo, eso es lo que han dicho los médicos.

Juan y yo nos acostamos sin preguntar nada: Juan me dice lloroso:

—Un día mamá se morirá.

—No, ¿por qué?

—Porque yo lo sé, porque yo lo sé.

Mi primo se echa a llorar y a mí no se me ocurre nada para consolarlo, le abrazo, pero no le digo nada.

—Mama se va a morir, se va a morir...

—No, no se va a morir, no se va a morir...

—Lo sé... lo sé... lo sé...

Cuando somos pequeños sabemos muchas cosas que van a ocurrir, nadie nos las dice, pero nosotros las sabemos. A mí nadie me dijo que no volvería a ver a mi padre ni que lo habían fusilado los nacionales, pero yo lo supe desde el primer momento, y aunque nadie me habló de ello nunca, yo lo supe siempre, siempre. Por eso Juan no volvió a repetirme que su madre se moriría, lo único que siguió diciendo es que lo sabía, que lo sabía.

En plena noche nos despierta Francisca:

—Despertaos...

Nos levantamos y nos llevan a ver a tía Concha. La pobre tía Concha apenas puede sonreír, todo su cuarto huele a alcohol y a yodo; cerca de la cama hay aparatos muy raros de los que salen gomitas, una de ellas llega hasta la boca de tía Concha, que parece que chupa. Tía Concha nos mira y nos saluda con la mano.

Nos volvemos a la cama y Juan continúa:

—Lo sé... lo sé...

Al día siguiente se llevan a tía Concha en una ambulancia que toca una campana para que los demás coches la dejen pasar. Al marchar nos dice:

—Portaos bien, volveré pronto.

Todos estamos llorando y no podemos decir ni adiós.

Del 1 al 8 de noviembre de 1938, los nacionalistas rompen el frente republicano y avanzan.

Parece como si el verano se hubiera acabado y de repente hubiera empezado a hacer frío. Pero un frío diferente de todos los demás; un frío que se mete dentro del cuerpo y allí se queda hasta la hora de irse a la cama; y sólo en la cama, y después de mucho tiempo, vuelve el calor.

Nuestra casa no tiene calefacción y tío Alberto nos ha comprado estufas eléctricas, pero en cuanto uno se separa de ellas, el frío vuelve. Además, como nuestra casa está en un descampado y al lado de la vía, el viento viene de todas partes, y el viento también es frío y también se mete en el cuerpo. Sin embargo, no es como en Bilbao, el cielo continúa sin nubes y desde luego no llueve.

Tía Concha ha vuelto, viene mucho más delgada que nunca y más pálida todavía, pero no parece triste. Se pasa el día en la cama haciendo punto y de vez en cuando nos manda llamar.

—¡Buen susto os di aquella noche, eh! —nos dice—. Pero lo que son los médicos; yo sabía que no estaba bien, pero vamos, no tanto como para morirme, y, sin embargo, se empeñaron en que estaba grave.

Yo quiero mucho a mi tía Concha y pregunto:

—Pero ¿dónde te duele?

—No me duele nada, Pepito, no me duele nada.

—Pero a todos los enfermos les duele algo; cuando yo estoy enfermo, me duele la tripa.

—Y a mí también —dice Juan.

—Pues nada, a mí no me duele nada, pero tengo el corazón muy débil ¿comprendéis? Un corazón muy chiquitín y muy mono, pero debilucho, el pobre. Y por eso no puedo cansarme, porque yo me canso más que los demás. ¿No os habíais dado cuenta?

—Eso es porque estás muy delgada.

—Sí, también.

—Tienes que ponerte gorda; y entonces, ya verás.

Tía Concha nos dice que sí, que se pondrá muy gorda y que nos sacará de paseo, pero yo no creo que pueda engordar nunca.

Mi primo Juan y yo continuamos leyendo novelas de Buffalo Bill; cada novela vale cuarenta céntimos, y casi todos los domingos tío Alberto nos da una peseta a cada uno. Además de este dinero, solemos robar la calderilla que lleva Alberto por los bolsillos; él no se da cuenta de nada.

Poco a poco hemos reunido cerca de veinte novelas, todas con títulos muy interesantes como *El hacha de guerra*, *Duelo sin cuartel*, *El ídolo misterioso* y *Los bandidos de la montaña*. Buffalo Bill es el mejor cazador del mundo y el mejor explorador también, jamás pierde una bala, y suponiendo que se le acaben las balas, que algunas veces le ocurre, entonces lanza el cuchillo como nadie, y lo puede clavar lejos, muy lejos y donde quiera. De los amigos de Buffalo Bill, el más simpático es el indio Cayuso, el pequeño Cayuso, porque es casi un niño y sin embargo sabe montar a caballo y disparar un rifle. Al pobre Cayuso le ocurren muchas desgracias, le cogen prisionero los indios y los bandidos, se cae por todos los precipicios de las Montañas Rocosas, y enseguida, cuando hay lucha, le derriban de un puñetazo; pero Buffalo Bill llega siempre a tiempo y lo salva.

—Un día tenemos que comprarnos un caballo —me confiesa mi primo Juan—; bueno, dos caballos, un caballo cada uno, porque no se puede vivir sin caballo.

—Los caballos deben de ser muy caros.

—Entonces, los robaremos. En el Oeste hay caballos por todas partes, sólo tienes que cazarlos a lazo.

Hemos pedido una cuerda a Francisca y hemos empezado a entrenarnos; pero lanzar el lazo es una cosa muy difícil. Mi primo se coloca a cinco metros y yo tiro el lazo, pero nada; se coloca a cuatro metros y tampoco.

—¡Cómo demonios hará Buffalo Bill!

Porque Buffalo Bill puede cazar un caballo o un bisonte, le da lo mismo, con sólo lanzar el lazo.

Hemos trabajado bastante con el lazo, pero hemos tenido que dejarlo; por lo visto, somos todavía un poco pequeños para esto; seguramente, se necesitará tener el brazo más largo.

Mi primo Juan y yo leemos y leemos; Juan sigue leyendo más deprisa que yo y por eso lee más libros; no sólo ha terminado todos los Buffalo Bill, sino que está acabando una novela gorda, que, como él dice:

—Es del tiempo de la Edad Media, hace siglos; hay reyes y reinas, caballeros y escuderos, y un judío y un leproso. Hay muchos amorfos y un duelo en las almenas de un castillo.

Yo he intentado leerla, pero es demasiado grande, más de cuatrocientas páginas de letra menudita y líneas prietas; vienen dibujos y Juan me los explica:

—Ves, aquí está la reina; detrás, el príncipe, que es un malvado y, como dicen, un felón. Y aquí, el que va caballo, es el paje de la reina, que va a un convento, donde han encerrado a la hija del judío, que es una doncella muy linda. Aquí es el judío y el leproso, el leproso es un antiguo caballero que se fue a Tierra Santa a combatir a los infieles, y que cogió la lepra, porque allá los moros ni se lavan ni nada y por eso están llenos de lepra.

También hay dibujos muy tristes.

—Aquí llevan a enterrar a un caballero entre dos filas de monjes, y lo entierran en la cripta, que es como la cueva de un convento donde está haciendo penitencia otro caballero, que luego resulta que es el padre de éste que llevan a enterrar.

Yo continúo leyendo las novelas de Buffalo Bill, que luego de todo son más fáciles de entender que el libro de mi primo.

Mi prima Luisa ha llegado hoy a casa con tres niñas que son hermanas; las tres son muy guapas y llevan lazos en la cabeza.

—Somos siete hermanos —nos explican.

Sí, son siete hermanos y viven al otro lado de la vía del tren; como son siete, todos encontramos amigos de nuestra edad. El padre de los siete es un coronel que anda también en la guerra, como todos.

—Venid por la tarde, jugaremos juntos.

Hemos ido y hemos jugado mucho, pero como viven al otro lado de la vía, tenemos que dejarnos acompañar por Francisca para pasar la trinchera del tren. El sitio no es que sea peligroso, porque a los trenes se los ve venir desde muy lejos, y además se los oye, pero mi madre no se queda tranquila si Francisca no viene con nosotros.

Mi primo Alberto ha empezado enseguida a hablar de la guerra con uno de los siete que tiene su edad.

—Porque los ayudan los rusos —dice muy serio—, los comunistas; les envían tanques, y camiones y aviones; si no fuera por esto, a estas horas, ya habíamos ganado la guerra.

—Claro que sí —continúa su nuevo amigo—, porque si no, vamos a ver, nosotros somos más valientes y mejores que ellos mil veces, pero claro, con los rusos al lado, se resisten.

—De todas las maneras les vamos a ganar la guerra.

—Aunque les ayudara el mundo entero.

A mí me gusta mucho una de las amigas de mi prima Luisa; se llama Mari Pili, tiene los ojos rasgados y es muy morena. Mari Pili es mayor que yo y naturalmente no me hace caso; además, yo no tengo nada que decir, me paro delante de ella y la miro, la miro mucho, nada más.

Lo que no sabe Mari Pili es que luego, por la noche, me echo a pensar y a soñar cosas. Sueño que yo voy a caballo por la pradera y que me encuentro a Mari Pili perseguida por los indios; tengo que ayudarla y lo hago bastante bien: desenrrollo mi lazo, lo lanzo y el lazo cae exactamente en la cintura de Mari Pili, la atraigo hacia mí, la cojo, la pongo encima de mi caballo y nos vamos así, pradera adelante en dirección a un bosque de pinos.

Otras veces, Mari Pili está en un castillo, parecido a uno que hay en Ponferrada, y yo me acerco, también a caballo. Los del castillo me tiran flechas, pero no me dan nunca; Mari Pili, desde la muralla, me dice que tengo que tener cuidado. Yo espero a que caiga la noche y, al claro de luna, escalo la muralla, la cojo por la cintura y la bajo conmigo; el caballo espera, nos subimos y nos vamos.

Mari Pili me gusta mucho y un poco más cada día; la otra tarde, cuando le dolía una muela y no pudo salir a la calle porque tenía fiebre, yo me quedé cerca de ella, a su lado, sin moverme, mirándola nada más y sufriendo mucho porque ella también sufría. Pero Mari Pili no se dio cuenta de nada, llamó a una de sus hermanas, y las dos se pusieron a pegar cromos en un álbum; yo no me movía, hasta que la misma Mari Pili me dijo:

—Hijo, qué pegote eres; ¿por qué no te vas a jugar con los demás?

Sí, me fui, pero me fui llorando como si fuera una nena. Mari Pili no comprendía nada, nunca comprendió nada. A mí me hubiera gustado hablar de Mari Pili, por lo menos, con mi primo Juan, pero no me atreví nunca; era mi secreto, un secreto hecho de pequeños recuerdos y de sueños que me iba a durar mucho tiempo; porque primero, cuando era muy niño, fue María Luisa, la imagen en corset negro de María Luisa, pero a partir de mi estancia en Salamanca, iba a ser la imagen de Mari Pili.

Y Mari Pili no era guapa, tenía los ojos rasgados y el pelo negro; pero era bajita, un poco cargada de hombros, y tenía las piernas regordetas; yo me daba muy bien cuenta de todo, pero me daba lo mismo.

A mi primo Alberto también le gustaba Mari Pili, pero a Alberto le hacía caso y a mí no; a mí me dolían todas sus palabras y cuando jugábamos y me dejaban a un lado como si fuera un mueble, como si se hubieran olvidado de mí, me entraban unas ganas locas de gritar y de pegarme con Alberto.

Pero sólo tenía ocho años, ocho años tan sólo, y todos los protagonistas de los libros que leíamos Juan y yo, el mismo Buffalo Bill, por ejemplo, eran mayores que yo. Con ocho años no se puede hacer nada en el mundo, uno es demasiado pequeño para todo, los mayores creen que a los chicos de ocho años hay que tratarlos como si fueran recién nacidos, y hasta los más pequeños, los que tienen seis años y menos, le tratan a uno como si fuera su igual.

Ocho años es una edad que no sirve para nada.

Le he dicho a mi primo Juan:

150

—Somos muy pequeños, sólo tenemos ocho años.

Pero a Juan le da lo mismo:

—Bueno, y qué.

—Alberto ya tiene casi dieciséis años; ésa sí que es una buena edad.

—No, dieciséis años son dos veces ocho años, pero nada más, y además Alberto es tonto.

Ni a Juan ni a mí nos gusta Alberto, y no porque se porte mal con nosotros, porque hasta nos da tabaco y todo; pero la verdad es que no nos hace caso y casi no habla con nosotros; tiene sus amigos, el Alto y el Pepino, y hasta amigas; porque nosotros le hemos visto salir de paseo con unas chicas; y cuando va a salir con ellas enseguida se nota, porque se acicala mucho y hasta se lustra los zapatos.

—¿Te diviertes con ellas? —le ha preguntado Juan.

—Claro, pareces tonto; las chicas están para eso, para salir con ellas y para divertirse.

—Bueno.

—Cuando tengas mi edad, ya verás.

Siempre dice lo mismo; cuando queremos saber algo, no lo podemos saber, porque no tenemos edad para saberlo. Y así siempre.

Durante noviembre y diciembre de 1938, los bombardeos nacionalistas se suceden sin interrupción sobre Cataluña.
La aviación republicana ha dejado de existir.

Hoy hemos ido al colegio por primera vez. Nos lleva Felipe en coche por la mañana y nos vuelve a traer por la tarde. Comemos en el colegio. Alberto estudia el bachillerato y Juan y yo vamos a párvulos. El colegio es de frailes agustinos y es todo de ladrillo. Allí dentro no hay tiempo para nada, ni siquiera durante el recreo, porque dicen los padres que durante el recreo hay que aprovechar el tiempo, y nos meten en una sala de estudios muy fría; hay una estufa, eso sí, pero cae un poco lejos de donde Juan y yo nos sentamos. Las comidas no son muy buenas y siempre hace frío. Hemos intentado comer con los guantes puestos, pero parece ser que está prohibido.

Hay un padre que siempre dice lo mismo:

—La vida es disciplina.

Con lo que quiere decir que hay que pasar frío sin protestar. A mi primo Juan le han salido enseguida sabañones, pero el padre lo ha dicho bien claro:

—Te salen sabañones porque cuando te lavas las manos, no te las secas bien.

Pero no puede ser verdad, porque a mi primo no le gusta lavarse las manos y menos con agua fría.

La comida no es muy abundante, pero siempre es muy parecida: alubias con chorizo, lentejas con huevo cocido y patatas con carne; cuando volvemos a casa, estamos hambrientos y cenamos todo lo que podemos.

Los cursos no son muy difíciles y el padre que nos da la clase es un padre gordo y bonachón; se llama el padre Gonzalo, y cuando no sabemos la lección o no nos salen las cuentas, siempre dice lo mismo:

—Bueno, bueno, otra vez será.

Lo peor es el frío; en todas partes hace frío: en la clase, en la sala de estudio, en el comedor, en el retrete. Siempre hace frío. Nosotros venimos muy abrigados, pero es lo mismo, es un frío de los que se meten dentro.

En casa también hace frío y en la calle y en todas partes. Tía Concha nos ha hecho chalecos, calcetines y bufandas, todo de lana gorda, pero da igual; en cuanto se levanta uno de la cama, empieza a pasar frío hasta la noche.

Ahora que hemos hecho la primera comunión, todos los domingos tenemos que ir a misa, porque si no vamos, pecamos, y faltar a misa es pecado mortal, de los que matan la gracia de Dios y nos hacen dignos del infierno; por lo menos, eso dice el catecismo. Bueno, pues también en la iglesia hace frío.

El padre que nos cuida en el estudio me ha sorprendido con una novela de Buffalo Bill y me ha puesto de rodillas:

—¡Cara a la pared!

La pared es blanca y muy desconchada; el suelo de la sala es de losetas amarillas y mucho más frío de lo que yo creía; me duelen las rodillas y la cintura; como no puedo protestar porque también está prohibido, me pongo a llorar en silencio. Y debo de tener la cara muy fría porque las lágrimas parece como si me quemaran. Es muy difícil estar tanto tiempo de rodillas, pero ya lo dice el padre, la vida es disciplina y hay que aguantar. Como no puedo más, me levanto y pido permiso para ir a orinar, lo hago por descansar un momento, ésa es la verdad, pero el padre:

—Pero bueno, lo que nos faltaba. ¿Tú te crees que soy tonto? Di, contesta.

—No, padre.

—Sí, tú crees que yo soy tonto.

—No, padre.

—¡Te digo que sí!

—Sí, padre... no, padre... no, no...

—¡Sí, sí, sí!

—Sí, padre.

El padre me da tal bofetada en la cara, que tengo fría, que me deja mareado.

—Anda, vuélvete a poner de rodillas, y entérate de una vez para siempre: cuando se está castigado, uno no puede moverse para nada, ¿entiendes?, para nada.

Me vuelvo a poner de rodillas, pero ahora, con la bofetada, parece como si tuviera más calor; por lo menos, en la cara.

Cuando se termina el estudio, tengo que frotarme las rodillas para poder andar; me duelen tanto que no puedo comer a gusto.

—Vaya torta que te ha arreado —me dice mi primo Juan.

—Sí.

No me puedo quejar, sólo he recibido una bofetada hasta el momento, pero hay otros niños que tienen peor suerte, o que son más traviesos y se pasan la vida de rodillas, o llorando de resultas de las bofetadas que se ganan.

A mi primo Juan, precisamente, el mismo padre del estudio le dio dos tortas que lo dejó tambaleando, y todo porque le sorprendió haciendo la caricatura del Tortuga. El Tortuga es un chico gordinflón que se llama Andrés, es muy gordo y muy blanco, y como dice el padre Gonzalo:

—Bien se ve que tu padre tiene una mantequería.

Al Tortuga es muy fácil hacerle la caricatura; sólo hay que dibujar un círculo y poner tres puntos, porque tiene la cara como de pez con dos ojitos chiquitines, chiquitines, y una boca que parece la cerradura para una llave pequeña.

Como hace tanto frío, siempre tenemos ganas de saltar y de correr, y como no podemos hacerlo, movemos los pies; pero hacemos ruido y al padre del estudio no le gusta:

—Como coja a uno metiendo ruido con los pies, le doy una bofetada que le arde el pelo.

A nosotros no nos ha cogido nunca, pero cogió a un niño muy delgado que se llama Gumersindo y, efectivamente, le dio una bofetada grandísima:

—¡La tenía reservada para ti, por caballería!

Mi primo Alberto tampoco lo pasa muy bien, se queja del frío y de tener que estudiar como un negro.

—Es muy duro —dice—, os digo que es muy duro.

—Bah... —replica Juan, que cada día es más burlón— la vida es disciplina...

—Sí, disciplina, de acuerdo, de acuerdo, pero no frío, pero no frío.

A Felipe, en el coche, le contamos todo lo que hacemos en el colegio y se ríe mucho. Nos dice que tenemos que tener mucho cuidado con los frailes porque:

—Los frailes son muy cucos, enseguida le enredan a uno. Por eso hay que tener cuidado.

—Son muy duros —dice Alberto.

—Sí, tienen fama de eso —replica Felipe—, a mí me contaron que una vez desgraciaron a un niño... vamos, que le dieron tantos golpes que le dejaron medio encorvado para toda la vida.

—No puede ser.

—No, si no será; yo os digo lo que cuentan, nada más.

Respiramos más tranquilos.

—Lo peor es el frío —insiste Alberto—; nosotros somos de León, de la montaña de León; bueno, pues nunca hemos tenido tanto frío.

—Pues esto no es nada —asegura Felipe—; aquí, en Salamanca, cuando verdaderamente hace frío, frío, lo que se llama frío, es en la primavera; pero vosotros tenéis suerte, para la primavera ya no estaréis aquí...

—¿No?

—No, tu padre ha pedido destino en Valladolid.

—¿En Valladolid?

—Sí.

—Y ¿cuándo nos vamos?

—Eso, ¿cuándo nos vamos?

—No sé, yo sólo sé que tu padre ha pedido destino en Valladolid; lo que no sé es si se lo darán o no se lo darán.

En cuanto llegamos a casa, acorralamos a preguntas a tío Alberto:

—¿No vamos a Valladolid?

—¿Cuándo?

—Dinos, cuándo.

Tío Alberto nos contesta:

—Pronto, pronto... quizá, después de las Navidades. En Valladolid estaremos muy bien; además, hay un especialista muy bueno que quiero que vea a mamá.

—¿Y la curará?

—Claro que la curará, ¡qué pregunta!

Nos vamos a ir a Valladolid; pero todavía falta mucho tiempo para las Navidades, y, de momento, sigue haciendo frío.

Todos estamos muy contentos, menos Francisca y Felipe, porque si nos vamos, Francisca se vendrá con nosotros y Felipe se quedará en Salamanca.

A finales de año, los nacionalistas siguen avanzando en Cataluña. Todo el norte de España está cayendo en manos de los nacionalistas.

En el colegio sigue haciendo frío; mi primo Juan sigue quejándose porque tiene sabañones y el padre que nos cuida en el estudio reparte sus bofetadas lo más equitativamente que puede.

La sala de estudio es muy grande y muy fría, pero cuando nos mandan sentarnos al final, cerca de la puerta, por lo menos, y sin meter ruido, podemos divertirnos un poco. Mi primo y yo tenemos una baraja pequeñita y jugamos a la brisca. Fue Felipe quien nos enseñó a jugar.

Una tarde en la cocina, Francisca delante, Felipe nos enseñó a jugar a las cartas; dice que es muy útil saber jugar, porque si no:

—Se aburre uno mucho; no te vas a pasar trabajando todo el día, hay que distraerse y las mejores distracciones son el tabaco y las cartas.

Mi primo Juan juega mejor que yo, porque sabe guardar sus cartas hasta el momento preciso, pero yo tengo más suerte y le gano:

—No hay derecho —dice mi primo.

Pero yo creo que sí hay derecho, y le sigo ganando.

Cuando estamos en el estudio, abrimos nuestros libros y sacamos la baraja. Si el padre no se mueve de donde está, podemos jugar tranquilos hasta seis partidas, pero si el padre empieza con sus paseos, tenemos que estudiar y esconder las cartas.

—¿Por qué se paseará tanto?

—Por qué va a ser, porque tiene más frío que un gato —y Juan añade rencoroso—: a nosotros no nos deja movernos, pero él bien que se pasea.

El padre del estudio es muy astuto; por ejemplo, se acerca a nosotros y, sin avisar, nos suelta un pescozón a cada uno:

—¿Creéis que soy tonto? Hace media hora que no habéis pasado la página; eso quiere decir que no estudiáis nada.

Procuramos pasar las páginas de nuestros libros, pero, a veces, con eso de jugar a la baraja, nos olvidamos de hacerlo.

Siempre me acordaré de este cura; lo he mirado tantas veces que me lo sé de memoria: no es muy alto, cuadrado, muy moreno, con las cejas muy negras y siempre mal afeitado. Tiene los ojos duros, fijos, y, cuando se enfada, se le hincha un poco el cuello.

El padre Gonzalo es mejor y no se enfada nunca, Quizás porque es más gordo.

Una mañana, mi primo Juan no ha querido levantarse.

—Me duele la garganta —dice.

Me voy solo al colegio, pero en el colegio me empieza a doler la garganta; se lo digo al padre del estudio, que replica:

—A mí me duele la cabeza, ¡y qué!

Cuando vuelvo a casa tengo fiebre y me meto en la cama con mi primo, que también tiene fiebre.

—¿Ves? Estamos enfermos; ya verás, ya verás qué bien se pasa en la cama.

Parece ser que estamos enfermos de verdad; el médico ha venido y ha dicho que es la gripe, nos ha recetado pildoras y un frasquito de jarabe que sabe a grosella. También nos ha dicho que tenemos que guardar cama unos cuantos días.

Mi primo tiene razón, se está muy bien en la cama, es la única manera de no tener frío; porque el frío empieza al levantarse de la cama y no nos deja hasta la hora de acostarnos; pero, quedándose en la cama, el frío no viene de ninguna manera.

Mi primo Juan dice:

—Cuando seamos mayores y tengamos dinero, lo que tenemos que hacer es comprarnos una buena cama, una cama enorme, muy grande, para poder jugar a todo lo que queramos.

Aunque la cama no es tan grande, jugamos a las cartas.

—Se ve que ya tenéis vicio —nos dice Francisca.

Pero no sólo jugamos, también hablamos, sobre todo Juan; como ha leído mucho más que yo, me cuenta historias.

—Hoy te contaré una aventura de piratas, una aventura que no te he contado nunca, la del Corsario Negro.

Y me la cuenta:

—El Corsario Negro no es un pirata como los demás; siempre va vestido de negro, como si estuviera de luto, y nadie sabe quién es ni de dónde viene...

La historia es muy complicada, porque resulta que el Corsario Negro está enamorado de la hija del gobernador de una isla; y el gobernador lo sabe y le prepara una trampa, y el Corsario, cuando viene a ver a su novia, cae prisionero; pero al mismo tiempo viene un barco y ataca la isla, y el gobernador manda que le traigan al Corsario Negro:

—Entonces —cuenta Juan—, el gobernador le dice: o defiendes la isla o te mando ahorcar ahora mismo; y el Corsario Negro dice que bueno, que sí, y se pone al mando de los soldados del gobernador.

Todavía se complican más las cosas cuando los atacantes raptan a la hija del gobernador; mi primo cuenta muy bien, pero la historia es tan difícil que acabo por embarullarme.

—Finalmente —acaba mi primo—, el Corsario Negro se aleja en su bergantín, en una noche oscura; y está sobre cubierta mirando fijamente el mar y suspirando, porque se va muy triste, sin haberse podido despedir de su novia, la hija del gobernador. La aventura acaba aquí, pero luego habrá otra en la que el Corsario Negro se reunirá con su novia y se casará con ella, supongo.

Como estamos enfermos, tío Alberto nos trae novelas y una baraja nueva. Luisa también nos trae cuentos para leer y nos cuida; antes no se preocupaba de nosotros, pero, desde que estamos en cama, parece como si, de repente, se hubiera acordado de nosotros.

Luisa llega con Mari Pili. Mari Pili nos saluda, pero yo no puedo contestar porque estoy emocionado. Mari Pili viste el uniforme de un colegio de monjas, negro, con puños y cuello blancos, tiene el pelo suelto y trae una cartera con libros.

—Vamos a hacer los ejercicios juntas —nos dice Luisa.

Mari Pili me mira con sus ojos rasgados, yo sonrío porque no se me ocurre otra cosa y ella también me sonríe y me habla:

—¿Sabes que pareces mayor? —Debo de parecer un hombre porque la miro con ojos de hombre; o, al menos, yo creo que la miro como se debe mirar a una mujer.

—¿Y yo? —pregunta mi primo— ¿No parezco mayor yo?

—Tú no —replica Mari Pili—, tú sigues tan chato y tan pecoso como antes; pero Pepito parece mayor, más hombre.

—¡Chato y pecoso! —protesta Juan—; pues tú... ¿tú sabes lo que pareces?

Yo me sublevo porque tengo miedo de que la insulte:

—¡No la insultes!

Mari Pili se echa a reír y se va con Luisa; mi primo y yo nos quedamos mirándonos cara a cara, desafiantes.

—¿Por qué no la puedo insultar, vamos a ver?

—Porque no.

—¿Y por qué no?

—Porque no quiero yo.

—¿No?

— No, y si la insultas, me pegaré contigo.

Mi primo se rasca la cabeza antes de decir:

— Eres bobo. No es tu hermana, ni tu prima ni tu amiga ni nada... a ti qué te importa.

¿A mí qué me importa? Me importa mucho, me importa el soñar por las noches con ella, el verla a caballo por las praderas del Far-west, en las murallas de todos los castillos, en la cubierta de un bergantín; me importa mucho, porque desde que no pienso en María Luisa, pienso en ella, y ella no lo sabe porque ni ella ni nadie debe saberlo. Mi primo no puede comprender, pero algún día, cuando de verdad sea mayor, cuando sea un hombre verdadero, yo, yo mismo, me llevaré a Mari Pili a pasear por el parque, como hace Alberto y el Pepino con sus amigas, y hasta la cogeré de la mano para pasear más a gusto, y le contaré historias muy bonitas y ella me sonreirá mucho, mucho, y me mirará constantemente con sus ojos rasgados. Pero todo esto será cuando yo sea mayor y tenga mis pantalones largos y mi cajetilla de tabaco para mí solo.

Hemos empezado a levantarnos un poco; todavía no podemos salir a la calle porque hace mucho frío y no estamos buenos del todo. Yo he crecido un poco, según dicen todos, pero mi primo no; o si ha crecido, ha sido tan poco, tan poco, que apenas se le nota.

Lo primero que hacemos es ir a ver a tía Concha.

—¿Ya estáis buenos?

—Sí, casi.

—¿Sabéis lo que vamos a hacer? Vamos a colocar un Nacimiento para Nochebuena. Mirad, mirad, ahí ya tenemos algunas figuras.

Tía Concha nos señala una caja de cartón donde hay ovejas de barro y los tres Reyes Magos. También hay una lavandera y un molino.

—El Portal lo van a traer esta tarde.

Nos ponemos muy contentos. Mi primo Alberto es el encargado de dirigirlo todo y ya ha colocado una mesa en el comedor para el Nacimiento. Tío Alberto trae nuevas figuras y pedazos de corcho.

—Hay que hacer un río —dice Luisa—, yo lo haré.

Luisa hace un río con papel de plata, lo recorta en tiras y lo coloca entre las cortezas de corcho; también coloca un pequeño espejo que parece un lago.

—Hay que comprar patos.

—Y conejos.

—Y cerdos.

Tío Alberto compra toda lo que le pedimos, y poco a poco el Nacimiento se va poblando de figuras.

—Ya veréis qué alegres van a ser estas Navidades —dice tío Alberto.

El gobierno de la República apenas puede reunir 90.000 hombres para resistir la ofensiva nacionalista en Cataluña.

Hemos tenido que volver al colegio, sólo por unos días, porque pronto nos van a dar las vacaciones. En el colegio sigue haciendo el mismo frío de siempre y el padre del estudio sigue sosteniendo que:

—La vida es disciplina.

Nadie dice nada, pero un día un niño se queja del frío en el estudio, el padre le da una bofetada, no muy fuerte, y le dice:

—¿No te da vergüenza hablar así? Nuestros soldados se están batiendo por Dios y por España, y muchos no tienen capotes y hace frío y nieva...

La guerra continúa y mi primo Alberto dice que pronto, muy pronto, vamos a entrar en Barcelona. Yo ya sé dónde está Barcelona y me parece muy lejos.

Todos los domingos hay un desfile, o por lo menos nosotros vemos desfilar soldados; para verlos hay que ir hasta cerca del cine Taramona; los soldados desfilan muy bien al son de trompetas y tambores. Hemos vuelto a ver y a oír la banda de música alemana con el hombre de las campanitas.

Los domingos también vamos a misa por la mañana y a pasear con Francisca y Felipe por las tardes. Cuando volvemos a casa, al anochecer, tío Alberto oye la radio y nosotros jugamos con el Nacimiento. Nos gusta mucho colocar las ovejas y los pastores por el monte de corcho. Mi primo Juan también ha colocado sus soldados de plomo.

—No puede ser —dice mi primo Alberto—, es anacrónico.

—¿Anaqué? —le preguntamos.

—En este tiempo —nos explica—, no había soldados.

—¿Cómo que no? —replica mi primo Juan, que ha leído mucho— ¿Y los soldados de Herodes?

Alberto comienza a explicarnos que si las armas de fuego, que si el armamento moderno, que si las lanzas... tonterías; lo que pasa es que Alberto siempre quiere tener razón.

No sé por qué me he despertado; estaba dormido cuando oí hablar; abro los ojos, pero no me muevo; la luz está encendida; veo a Francisca en camisón de espaldas; Francisca está diciendo:

—Márchate ahora mismo.

Pero mi primo Alberto, porque es él, no quiere irse.

—No, déjame verte desnuda.

—No, ya te he dicho cien veces que no.

—¡Sólo un momento y me voy! Además, no es la primera vez.

—Ya lo sé, pero se acabó. ¡Márchate!

—No.

—Vete o llamo a tu padre.

Forcejean los dos, Francisca no sé si ríe o no.

—Bueno —dice—, quédate quieto.

Francisca se alza el camisón; como está de espaldas, yo sólo veo el culo redondo que tiene. Francisca se vuelve a bajar el camisón.

—Vete ahora.

Francisca se mete en la cama; cierro los ojos un momento para que no vea que los tengo abiertos; Alberto está en pijama inclinado sobre Francisca.

—Vete ya... y apaga la luz.

Alberto apaga la luz; no veo nada, pero oigo una bofetada.

—¡Toma! ¡Por sinvergüenza!

Luego, todo se queda en silencio y, al poco rato, Francisca se pone a roncar. Me quedo despierto porque no comprendo muy bien lo que ocurre. Ya sé que a mi primo le gusta ver desnuda a Francisca, pero es precisamente esta manía la que no acabo de comprender. Porque Francisca está más guapa vestida que desnuda, sobre todo con el pelo que tiene; pero a mi primo no le debe de importar, porque continúa lo mismo que en Bembibre. Francisca no es guapa, está cuadrada y gorda; si sólo fuera la cara y las tetas, todavía...

Por fin nos dan las vacaciones en el colegio, bueno, las vacaciones y un montón de ejercicios que tenemos que hacer en casa; pero mi primo Juan me consuela enseguida:

—Los ejercicios para el gato.

—¿Cómo que para el gato?

—Sí, ¿no sabes que nos vamos a Valladolid?

—Sí, y qué.

—Pues que no volveremos al colegio; o si volvemos, serán dos o tres días; calcula, las vacaciones son hasta después de Reyes.

—¿Y cuándo nos vamos?

—Papá dijo que para Reyes.

—Entonces, los ejercicios...

—Nada de ejercicios, para el gato.

—Sí, eso, para el gato.

Mari Pili y sus seis hermanos han venido a ver el Nacimiento; todos están muy contentos porque su padre, el coronel, ha venido del frente con permiso. Los siete hermanos están admirados de lo bonito que es nuestro Nacimiento y de lo bien puesto que está; yo sólo tengo ojos para Mari Pili, pero Mari Pili, desde que me he levantado de la cama, no ha vuelto a hacerme caso.

—¿No sabéis? —dice uno de los siete hermanos— mi padre ha dicho que pasaremos juntos la Nochebuena.

—¿Quiénes juntos? —pregunto.

—Pues todos, vosotros y nosotros. Sólo tendréis que pasar la vía y ya está.

La Nochebuena llega con mucho frío y hasta con un poco de nieve; por la mañana el cielo está oscuro, como si no acabara de amanecer, y caen los primeros copos, pero luego el cielo se aclara y deja de nevar. Cuando pasa un tren por la vía, apenas se le ve porque viene envuelto en humo y en vapor.

—Es por el frío —nos explica Alberto.

Ya es de noche cuando nos vamos todos; tía Concha se queda en la cama.

—Id, id, no os preocupéis por mí; la señora Sofía dijo que vendría a hacerme compañía.

La señora Sofía es la madre de Ezequiel, el chico sordomudo que está muy contento porque también se viene con nosotros.

Cuando llegamos a la casa de los siete hermanos, vemos a su padre, el coronel, que es un hombre muy alto.

—Hay una habitación para los niños —dice el coronel.

En la habitación, que es muy grande, hay mesas pequeñas llenas de turrón, pasteles, bocadillos, almendras, avellanas, figuritas de mazapán, peladillas... hay de todo. El coronel nos deja solos diciendo:

—Meted todo el ruido que queráis, gritad, corred, jugad, comed lo que os dé la gana...

En mi vida he visto una cosa igual. Somos doce chicos, entre niños y niñas, y podemos hacer lo que queramos.

Lo primero, claro, es comer: nos atracamos, comemos de todo.

Los más pequeños juegan y se pegan; los mayores, entre ellos Mari Pili, se han puesto a cantar. Mari Pili sabe un villancico muy bonito, que canta ella primero y luego todos:

Dime, Niño, de quién eres,
todo vestido de blanco.
Soy de la Virgen María
y del Espíritu Santo.

Luego también cantamos el estribillo, que dice:

Pero mira cómo beben
los peces en el río,
pero mira cómo beben
por ver a Dios nacido.
Beben y beben
y vuelven a beber,
los peces en el río
por ver a Dios nacer.

Cantamos el mismo villancico, dos, cuatro, una docena de veces, y llevamos el compás con los pies y con las manos. Luisa y una de las niñas de la otra familia bailan como las gitanas. Yo quiero que baile Mari Pili:

—Baila tú.

—Yo no sé —me dice—; pero si bailas conmigo, bailaré.

Yo no me atrevo, porque bailar es muy difícil, y me quedo triste, con ganas de llorar como un tonto; me consuelo comiendo otro pastel de chocolate, que son los que más me gustan.

La puerta se abre y aparece el coronel con una botella en la mano:

—¡Muy bien, muy bien! Venga, más jaleo, ¡que se hunda la casa!

Todos gritamos y hasta Ezequiel, que es sordomudo, parece que grita.

—Y ahora —sigue diciendo el coronel— vamos a emborracharnos todos con anís.

Nos da a beber anís y todos bebemos; el anís está muy dulce y da ganas de cantar, y todos cantamos con el coronel en medio:

En el Portal de Belén
hay estrellas, sol y luna,
la Virgen y san José
y el Niño que está en la cuna.

Y luego bailamos en corro:

Ande, ande, ande,
la Marimorena,
ande, ande, ande,
que es la Nochebuena.

El coronel se va y todos seguimos cantando y comiendo. Mi primo Juan está colorado, colorado, y a uno de los niños pequeños le empieza a doler la tripa.

—Me duele la tripita —dice medio llorando.

Pero nadie le hace caso porque todos estamos muy alegres. Sólo mucho más tarde, el coronel y su mujer se llevan a acostar a los más pequeños, porque los mayores iremos a la misa del gallo.

En el momento de irnos ocurre algo terrible, por lo menos para mí: Mari Pili se ha puesto mala, le duele muchísimo una muela y tiene que acostarse. Yo ya no quiero irme a misa y quiero quedarme al lado de Mari Pili, pero los demás se ríen de mí; y parece ser que yo me echo a llorar.

—Llorón, llorón, llorón... —me dicen.

Pero me da lo mismo, quiero quedarme con Mari Pili, quiero quedarme con Mari Pili.

Mari Pili está acostada en una habitación donde hay varias camas; todos hemos ido a verla y todos le damos un beso, yo también, pero estoy tan triste y tan emocionado al mismo tiempo, que no me doy muy bien cuenta de las cosas. Veo a Mari Pili con la cara dolorida y una mejilla más roja que la otra, con los ojos brillantes y el pelo suelto por la almohada, y nada más; no sé si la he hablado o si ella me ha dicho algo, no sé nada.

Oímos la misa de gallo en una iglesia pequeñísima donde hay monjas en oración que nunca vuelven la cabeza; hace mucho calor y me parece que todos los fieles huelen a anís.

Volvemos a casa en la noche fria, alguien con una linterna nos alumbra el camino; pasamos la via en silencio; mi primo Juan se ha dormido y tio Alberto lo trae en brazos.

Llegamos a casa muy cansados, es muy tarde, tengo mucho sueño, pero no puedo dormir; pienso en Mari Pili, doliente, en su cama, y con una muela estropeada.

Oigo un tren que pasa en la noche.

*Los nacionalistas acaban el año de 1938 atacando en
todos los frentes catalanes.*

Van a venir los Reyes Magos y nosotros nos vamos a ir
a Valladolid. Mi primo Alberto ha empezado a embalar el
Nacimiento, no todo, porque hemos regalado unas cuantas
figuras a Ezequiel, que, parece ser, también quiere tener un
Nacimiento como el nuestro.

Ezequiel da las gracias abriendo las manos y levantando
los ojos al cielo.

Tío Alberto nos dice:

—Tenéis que escribir a los Reyes Magos.

Mi primo Juan y yo escribimos, pero empezamos a tener
nuestras dudas; el Tortuga, en el colegio, sostenía muy serio
que los Reyes Magos no existen, y que son los papás y las
mamás los que compran los juguetes.

Como de momento no podemos tomar una decisión
sobre este asunto, escribimos a los Reyes Magos: mi primo
Juan les pide un libro que ya conoce y que se titula *El libro
de la selva* y una caja de acuarelas. Yo les pido, siguiendo el
consejo de mi madre, una cartera para ir al colegio y novelas
de Buffalo Bill. Alberto ha pedido un reloj de pulsera de
verdad, y Luisa un pequeño paraguas que ha visto en un
comercio y que le gusta mucho.

Tía Concha sigue sin levantarse de la cama y está cada día
un poco más pálida; todas las tardes pasamos un momento a
verla y le damos un beso.

Mi madre tiene mucho trabajo; desde que tía Concha ha caído enferma, es mi madre quien dirige la casa, y se pasa todo el día para arriba y para abajo. A veces, me pregunta:

—¿Estás bien, Pepito?

Claro que estoy bien ¿por qué no voy a estar bien? Mi madre hace preguntas tontas.

—Tienes que ser muy bueno, Pepito, muy bueno.

Pero yo soy bueno, no hago nada malo, y cuando lo hago, no soy yo solo, mi primo Juan siempre está conmigo.

—Tú y yo somos dos —dice mi primo Juan.

Y es verdad, no nos separamos ni un momento.

Han venido los Reyes y nos han dejado los regalos pedidos; yo tengo mi cartera y seis nuevas novelas de Buffalo Bill, pero Juan ha elegido mejor que yo: *El libro de la selva* es estupendo, está lleno de fotografías de elefantes, tigres y lobos.

Mi primo Juan ha empezado a leer enseguida y de nuevo ha cambiado de intenciones, ya no quiere ser pirata ni irse al Far-West; ahora:

—Tendremos que ir a la jungla, a cazar tigres, iremos montados en un elefante; por cada tigre que cacemos, el gobierno inglés nos dará un buen montón de rupias.

—¿Qué son rupias?

—Son las pesetas de la India. Pero tendremos que tener cuidado con las cobras, que son culebras venenosas, una picadura y se acabó... luego, lo bonito sería hacerse amigo de las fieras... yo ya sé sus nombres, los nombres que tienen en la jungla... verás, Hathi es el elefante, Baguera es la pantera, Ri-ni-tiki-tavi es la mangosta.

—¿Qué es una mangosta?

—Es una especie de perro pequeño, pero más astuto y más listo.

Retirada general de los republicanos en Cataluña.
Los republicanos sólo disponen de 60.000 fusiles.
Por cada cañón republicano, hay seis cañones nacionalistas.

Nos vamos a Valladolid.

Al despedirnos de Ezequiel, todos nos hemos echado a llorar, pero ha sido por culpa de Ezequiel; al comprender que nos íbamos, se echó a llorar; y como es sordomudo, no llora como los demás, llora dando unos grititos pequeños como si fueran de perro, y da mucha pena y mucha tristeza oírle.

De la que no me he podido despedir ha sido de Mari Pili; la última vez que estuvimos en su casa, Mari Pili estaba en el colegio.

Antes de coger el tren, tío Alberto nos dice:

—Todavía no tenemos casa en Valladolid; vamos a ir a casa de unas señoras, a ver si os portáis bien.

Durante el viaje todo el mundo habla de la guerra; dicen que vamos a tomar Barcelona de un momento a otro, y que los rojos están huyendo por todas partes.

Mi primo Alberto comenta:

—Los rojos no tienen ya nada que hacer.

Yo miro el paisaje, pero el paisaje es siempre igual: una llanura sin árboles, parda, con pequeñas montañas planas al fondo, que tienen color morado, y nada más. El tren parece que no avanza, que está inmóvil y perdido en medio de un desierto.

La estación de Valladolid me ha parecido grandísima, llena de ruido, de humo, de locomotoras en maniobra, de gente que viene y va.

Ya en Valladolid nos reunimos con tía Concha; tía Concha ha venido en el mismo tren, pero en un vagón especial, y no la hemos podido ver durante el viaje. Tía Concha está en el andén, muy pálida, y tampoco puede venir con nosotros en coche, y se va en ambulancia, delante de todos.

La casa, nuestra nueva casa de Valladolid, me ha dado miedo al principio; tiene un portal oscuro y unas escaleras más oscuras todavía. La casa, en fin, es enorme, con dos galerías o corredores que dan a dos patios diferentes, uno cerrado y otro abierto, en el que hay algunos arbolillos y un poco de hierba. Lo más extraño de esta casa es que no acabo de orientarme nunca, hay demasiados corredores y pasillos; además, todo está oscuro.

Las señoras de la casa se llaman doña Felisa y doña Mariana. Doña Mariana es pequeñita y seca, con el pelo recogido hacia atrás como la abuela Vicenta, pero con los ojos más simpáticos que la abuela; sonríe mucho y siempre anda con los brazos cruzados; dice que aunque nunca ha tenido niños, le gustan mucho y que nos dejará tebeos que tiene guardados.

Doña Felisa es más grande y tiene unos ojos que dan miedo, siempre anda refunfuñando; y cuando habla, tiene la voz muy alta; creo que se la oye desde la escalera; viste siempre de negro como doña Mariana, porque las dos son viudas. Doña Felisa tiene el pelo cortado de una manera muy rara y gasta flequillo. Doña Felisa tiene dos hijas mayores, lo menos de veinte años, una se llama Isabel y la otra Teresa o Tere, como la llaman todos; Isabel es morena y blanca, con los ojos negros como doña Felisa; Teresa o Tere es más pequena de estatura, y es rubia y con la boca chiquita, como si fuera mimosa.

Isabel y Teresa son muy simpáticas con mi primo Juan y conmigo, y enseguida nos han dicho cuál era el mejor sitio para jugar.

Jugamos en el corredor abierto, que da al patio con arbolillos; el corredor es de tablas y tiene barandilla de hierro.

—Aquí —nos ha dicho Isabel—, mi madre no viene nunca y podéis jugar tranquilos.

Mi primo y yo nos quedamos pensando en lo que nos acaba de decir Isabel, y creemos que a Doña Felisa no le deben de gustar mucho los niños.

Jugamos con los soldados y con el cañón; los soldados siguen cayendo uno a uno, y el cañón sigue disparando como el primer día, con la misma fuerza, porque tiene un muelle muy bueno; la bala del cañón era dorada, se ha perdido, pero mi primo Alberto nos ha hecho otra con un corcho.

Isabel, la morena, viene a ver cómo jugamos; tiene una cara rara, como si pusiera mucha atención en el juego; cada vez que cae uno de los soldados, se sonríe y dice:

—Otro muerto.

A nosotros nos extraña un poco el que se divierta tanto con nuestro juego, porque, luego de todo, es un juego de niños, pero a Isabel le gusta.

—Hay que apuntar mejor —nos aconseja.

Y un día nos dijo también:

—Sería estupendo si pudierais matarlos a todos de una vez.

Hemos seguido su consejo, hemos agrupado a los soldados y hemos disparado el cañón, pero no han caído todos.

A Teresa, la rubia, no le gustan ni poco ni mucho nuestros juegos; nos mira, sí, pero no nos dice nada.

A tía Concha le han instalado una especie de cama en uno de los corredores y hace punto acostada. Doña Felisa y doña Mariana vienen a charlar con ella.

Doña Mariana, la pequeñita, cuenta:

—Mi marido era relojero; vivíamos muy bien, y en la vida nos habíamos metido en política, en la vida.

Tía Concha suspira.

—Un año mi marido se fue a Suiza, porque, siendo relojero, decía que Suiza era el único país que merecía la pena.

—Claro —dice tía Concha.

—Pues este viaje le costó la vida; cuando estalló la guerra empezaron a decir que había ido al extranjero a entenderse con no sé quién. Total, una mañana muy temprano, vinieron los falangistas...

—¡Los asesinos! —exclama doña Felisa.

Pero doña Mariana no se exalta y continúa:

—No me dejaron ni despedirme de él; se lo llevaron y le fusilaron en el mismo cementerio.

—¡Canallas! ¡Canallas! —dice doña Felisa.

Tía Concha vuelve a suspirar y dice:

—Hay mucha injusticia en el mundo.

—Y mucha envidia, doña Concha, mucha envidia; porque a mi marido lo mataron por envidia nada más; nuestra relojería era la mejor, recibíamos de Suiza los últimos modelos... todo el mundo nos respetaba, y esto... esto no se perdona tan fácilmente.

Así pues, parece ser que los falangistas fusilaron al marido de doña Mariana; no porque era del norte o del sur, ni siquiera porque era socialista, sino porque era relojero.

Cierro los ojos un momento y, no sé por qué, veo a mi primo Alberto, con su camisa azul de falangista, apuntando con su fusil de madera a un señor que tiene un reloj despertador en la mano.

Doña Felisa también cuenta su historia, pero doña Felisa la cuenta de una manera muy diferente: echando fuego por los ojos e insultando a todo el mundo.

—Nosotros lo hemos perdido todo —dice—, pero no importa, algún día se hará justicia y todos estos asesinos que hoy mandan irán al paredón; son carne de horca, carne de horca...

—¡Doña Felisa, por favor!

—¡Qué! Mi marido era de izquierdas, y claro que lo era, y todo el mundo lo sabía, y organizó dos huelgas con los obreros de la fábrica; los obreros se morían de hambre, y al cura y al juez les parecía bien, por eso lo mataron. La pena fue que lo detuvieron por sorpresa, sin armas, porque si no... ¡Bueno era mi marido para dejarse coger así como así! Pacífico sí, pero cuando llegaba la hora de luchar... y más de una vez, y más de dos le habían amenazado, pero él siempre respondía lo mismo, que me busquen, que me busquen, que ya me encontrarán... pero como son unos cobardes, tuvieron que venir en grupo, a docenas; pero si mi marido llega a tener la pistola en aquel momento, por lo menos se lleva por delante a dos o tres...

—¡Doña Felisa, por Dios!

—Cuando se despidio de mí, me lo dijo bien claro: no me esperes, estos me matan en cuanto salgamos por la puerta... luego nos saquearon la casa, vinieron con un camión los muy ladrones, y decían que era un registro, no nos dejaron nada... a mí me cortaron el pelo al cero... es un método muy falangista... eso decían... me tuvieron separada de mis hijas tres días y tres noches... y ellas, pobrecitas, no sé lo que habrán pasado, no me dicen nada ni yo les quiero preguntar nada. Pero yo sé muy bien quiénes mandaban a los falangistas, les conozco muy bien, y cuando llegue el momento...

Doña Felisa llora, pero llora de rabia y da mucho miedo mirarla, y le digo a mi madre:

—Los falangistas mataron al marido de doña Felisa y al marido de doña Mariana.

—Sí, hijo, sí.

—Doña Felisa da miedo.

—No, no da miedo, Pepito, pero tienes que darte cuenta; eran gente muy rica, y por culpa de la guerra lo han perdido todo; ahora tienen que ganarse la vida así, alquilando parte de su casa... y esto es muy triste y por eso está doña Felisa tan desesperada.

A doña Felisa le debieron de decir que los nacionales fusilaron a mi padre, porque un día, vino a la galería donde jugamos y me dijo:

—Cuando seas mayor, tendrás que acabar con los asesinos de tu padre.

—Yo...

—Sí, los que mataron a tu padre y a mi marido... los asesinos, los asesinos...

Isabel se llevó a su madre y yo me quedé con mi primo Juan.

—¿Tú crees que tengo que vengar a mi padre? —pregunté.

Mi primo empezó a rascarse la cabeza.

—Sí, ¿tú crees que tengo que vengarme? –repetí.

—Pues verás... según lo que he leído... pues cuando un hombre mata a otro, hay que vengarle... pero ¿quién mató a tío José?

—Los nacionales.

—Sí, pero hay muchos nacionales; mi padre es nacional, y mi padre no mató al tuyo; al revés, le quería mucho... no, no es así, ya ves, hay nacionales y nacionales, hay muchas clases de nacionales.

No hemos llegado a un acuerdo; hemos discutido, por la noche seguimos hablando de lo mismo, pero tenemos que reconocer que no comprendemos muy bien lo que pasa.

Desde que vi la película *La pequeña coronela* y Juan me la explicó, me había quedado tranquilo: norte contra sur; fácil, comprensible; los del norte son enemigos de los del sur y los fusilan, pero en esta guerra nuestra, todo es mucho más complicado.

—Unos son buenos y otros son malos —me dijo una vez mi prima Luisa.

Pero no es verdad; tampoco se puede explicar así. Ni buenos ni malos, ni los del norte ni los del sur, ni siquiera los rojos y los nacionales; todo es muy difícil.

Mi primo Juan se compra un tebeo que se llama *Flechas y Pelayos*; en la página central, hablan de la guerra y vienen dibujadas las batallas; allí se ve a los rojos y a los nacionales; los nacionales van todos vestidos de la misma manera, de soldados, con casco; y los rojos van todos muy mal vestidos y son mucho más feos. También cuentan historias llamadas heroicas, de un alférez que mató él solo a diez rojos, o de otro que voló él solo un puente con dinamita, y se ve el puente que salta por los aires todo lleno de rojos.

En el tebeo de mi primo es muy fácil hacer la diferencia entre rojos y nacionales, pero yo recuerdo los soldados que vi por las carreteras de Bilbao y en el mismo Bembibre, y tampoco son así como los dibujan.

Mi primo Juan y yo hemos seguido hablando de estas cosas durante muchos días, pero seguimos sin comprender nada.

Los nacionalistas conquistan Barcelona el 26 de enero de 1939.

Ha habido un desfile, muchas banderas y mucha gente por la calle. Valladolid es muy grande y Francisca nos ha sacado de paseo varias veces. Vivimos cerca de la Universidad, y delante de la Universidad hay unos jardines pequeñitos donde se puede jugar.

También hemos ido al río. El río se llama el río Pisuerga y no es como el río de Bilbao; no hay barcos ni gente por la orilla, es un río muy ancho que baja con agua turbia, de color de la tierra, pero no gris y negra como el agua del río de Bilbao.

Por la orilla del río hay bosquecillos y mucha arena.

También hay un canal, que es como un río pequeñito, y éste sí que tiene barcos, pero muy pequeñitos y sin chimeneas. Francisca habla con un hombre que está en uno de los barcos y los dos se ríen. A Francisca le dicen muchas cosas los hombres cuando vamos por la calle, pero Francisca, generalmente, no contesta.

Francisca ha estado de muy mal humor todo este tiempo, pero ahora está más contenta porque mi tío Alberto le ha dicho que Felipe va a venir destinado a Valladolid y que él, tío Alberto, lo volverá a tener de chófer como antes.

Francisca nos ha llevado a ver el desfile; había mucha gente, y cada vez que pasaba una bandera, todos alzábamos la mano, porque a las banderas hay que saludarlas así, extendiendo la mano, como los falangistas saludan.

180

Tío Alberto ha venido por la noche y nos ha dicho a todos:

—Mañana salgo para Barcelona; tenemos que organizarlo todo allí, faltan hasta las locomotoras.

—¿Volverás pronto?

—Antes de una semana estaré de vuelta. No creas que me hace mucha gracia hacer este viaje.

Porque resulta que los nacionales han entrado en Barcelona, pero hasta que mi tío Alberto no vaya allí, no podrán funcionar los trenes; porque mi tío es un personaje muy importante en los ferrocarriles; manda más que un jefe de estación y puede suprimir trenes enteros, y decir: tal o tal día, habrá o no habrá tren.

Lo que más me gusta de Valladolid es la plaza: grande, cuadrada, con una estatua en medio y muchos bancos y sillas para sentarse. Siempre hay mucha gente, soldados y civiles, y una mujer con un cesto que vende bollitos de leche muy azucarados. En la misma plaza hay un bar que se llama el bar Corisco, donde venden cerveza y celebran exposiciones de caricaturas; la gente entra y sale continuamente, hablando de la guerra y de todo lo demás, pero sobre todo de la guerra.

Hemos ido, mis primos y yo, con mi madre a la plaza y nos hemos sentado alrededor de una mesa de mármol. Mi madre nos ha preguntado qué es lo que queremos tomar, y yo, por primera vez en mi vida, he pedido:

—Una cerveza.

—¿Te vas a tomar una cerveza?

—Sí.

Mi madre le ha dicho al camarero que de acuerdo, que me traiga una cerveza, pero que me la sirva con una rajita de limón, para que me amargue menos.

El camarero trae la cerveza y la coloca en la mesa, frente a mí, espumosa, rubia, con una rodaja de limón que flota;

inmediatamente he bebido un sorbo... no, no está mal la cerveza, un poco amarga, sí, pero con el limón parece más suave, parece que se traga mejor.

Mis primos me miran con atención.

He bebido el primer sorbo de cerveza de mi vida y me doy cuenta de que acabo de hacer una cosa muy importante. Porque yo sé que todos los hombres beben cerveza, y yo, que no soy todavía un hombre, he empezado a beberla, como si me preparara a serlo. Como sé que es muy importante beber cerveza, la bebo con una serenidad casi solemne.

Miro a mi alrededor; mi primo Juan acaba de comprarse una nueva novela de Buffalo Bill y lee; Alberto y Luisa miran el ir y venir de la gente, sin hablar; mi madre me contempla y me sonríe.

Mi madre, últimamente, no suele sonreír mucho, y cuando lo hace, me dedica la sonrisa.

—Un día de éstos —nos dice— iremos al teatro.

No hace frío, parece que se ha acabado el invierno, porque en Valladolid hay tardes como la de hoy, tardes en las que el frío no llega y luce el sol.

Cuando volvemos a casa me doy cuenta de que doña Felisa ha llorado; tiene los ojos rojos y no quiere mirar a nadie; su hija Isabel, la morena, nos dice a Juan y a mí:

—Cada vez que los nacionales toman una ciudad, mi madre se echa a llorar.

Mi primo y yo no sabemos qué decir y empezamos a jugar, porque tenemos un juego nuevo; un juego en el que nadie había pensado nunca y que, sin embargo, es muy bonito: se trata de hacer figuras de papel.

Hace unos días nos detuvimos ante el escaparate de una librería; en el escaparate había un circo, con jirafas, caballos, elefantes y muchos más animales, hechos todos de papel. Había también un libro encuadernado en piel y una fotografía de Franco y de su hija. Franco es el general de los nacionales y su hija es morena y cuadrada. El libro se llama *El mundo de papel*, pero el ejemplar encuadernado del escaparate estaba dedicado a la hija de Franco. Mi primo Juan se entusiasmó enseguida con el libro, y entramos en la librería; mi madre nos compró un ejemplar y nos volvimos a casa muy contentos.

Se trata solamente de doblar el papel; todo el problema reside en los dobleces; cuanto mejor se doble el papel, mejor salen las figuras; y las figuras son de lo más variado que pueda pensarse: desde un abanico hasta un elefante, desde una silla hasta una rana, desde un tanque hasta una chocolatera.

Mi primo y yo nos hemos puesto a trabajar: hay figuras difíciles y figuras fáciles. Una de las más fáciles es la del cerdo, y enseguida nos hemos hecho con una piara de todos los colores; los soldados de Juan nos sirven ahora como pastores y cuidan nuestros cerdos.

La rana es tan difícil de hacer que hemos tenido que pedir ayuda a Alberto; Alberto se ha puesto a hacerla, pero su rana no salta y las ranas tienen que saltar; se lo hemos dicho así, y Alberto ha empezado a explicarnos que si el papel tiene que ser más fuerte y que si es difícil, en fin, que le hemos dejado solo.

Hemos llevado el libro a tía Concha, que enseguida ha dejado de hacer punto y se ha puesto a doblar papel: nos ha hecho pajaritas y patos, barcas y gorros de marinero.

Ahora estamos en la galería de siempre, los soldados cuidan de los cerdos, e Isabel, la morena, nos contempla en silencio, con el ceño fruncido.

—Tampoco es mala idea —nos dice.

—¿Cuál?

—La de emplear a los soldados para cuidar cerdos.

—No, no es mala idea —dice mi primo Juan.

Isabel sonríe antes de preguntar:

—¿Os gustaría ser soldados?

Nosotros no hemos pensado nunca en ser soldados; nos quedamos un momento pensativos y después mi primo responde.

—No.

—¿Y a ti, Pepito?

—A mí tampoco.

—Ya me parecia a mí —continúa Isabel—; primero os dedicáis a matar soldados con el cañón, y siempre jugáis de la misma manera, nunca gana nadie, todos mueren; y ahora les hacéis cuidar cerdos. No, no os puede gustar el ejército. Y eso está muy bien.

Isabel me da un beso en la cabeza y nos deja solos. Isabel también sabe que a mi padre le fusilaron los nacionales; y lo mismo que para su madre, yo soy el favorito, el mejor de todos; la prueba es que nunca me riñen por nada, ni siquiera cuando rompí el cristal de la puerta del comedor, y lo rompí sin querer, como siempre me ocurre, por andar jugando con una escoba... pues no me riñeron ellas, mi madre sí me riñó y hasta me dio un cachete, pero ellas no; ni doña Felisa ni sus hijas ni doña Mariana me dijeron nada.

Enero de 1939: por las carreteras que conducen a Francia comienza el éxodo: soldados y civiles, mujeres y niños, huyen de las victoriosas tropas nacionalistas.

Mi tío Alberto ha vuelto de Barcelona cargado de regalos para todos. También ha traído cosas de comer para nosotros y para doña Felisa y doña Mariana.

—La guerra va a terminar enseguida.

—Dios le oiga —dice doña Mariana.

—Todavía resisten —replica doña Felisa—, todavía no han entrado en Madrid.

—Pero doña Felisa... qué más da ya todo... es mejor que la guerra acabe —continúa mi tío—, de una manera o de otra, pero que acabe.

—Pero no así... pero no así...

Doña Felisa, no sé por qué, continúa pensando que los rojos van a ganar la guerra y que entonces, cuando la hayan ganado, van a fusilar a todos los falangistas de España.

Mi primo Alberto nos dice:

—Doña Felisa no sabe lo que habla; se conoce que su marido era un rojo de los gordos.

Mi primo Juan y yo no decimos nada a Alberto. ¿Para qué? No creemos que Alberto pueda explicarnos nada, y la guerra es una de las cosas más difíciles de explicar del mundo; sólo mi primo Juan, a veces, encuentra una solución:

—Ya está —asegura—, es una guerra civil.

—¿Y qué?

—Pues que por eso pasa lo que pasa; una guerra civil es distinta de las demás guerras.

—Pero no es una guerra civil —digo yo—, porque hay militares.

—Bueno, sí, hay civiles y militares.

—Sí, civiles y militares; pero si hay militares, no puede ser una guerra civil.

Lo malo de las explicaciones de mi primo es que no explican nada.

Ha llegado Felipe; una mañana se presenta en casa y nos saluda a todos.

—Me han destinado a Valladolid.

Mi tío Alberto tiene de nuevo un automóvil y Felipe lo conduce; Francisca está muy contenta y ahora nos damos paseos más largos. Vamos hasta el parque de Poniente y también hasta el Campo Grande. Los dos parques son muy bonitos. El mejor es el de Poniente porque hay columpios para los niños. Al lado de los columpios, una tarde, hemos visto soldados con cañones.

Felipe empieza a hablar con los soldados, y Juan y yo nos acercamos a los cañones y los tocamos.

—¿Van a disparar?

—No, no, sólo estamos de ejercicio.

El ejercicio, para los soldados, consiste en apuntar los cañones; un soldado se sienta y mira por un pequeño aparato, luego, con la mano, va indicando a los soldados que están detrás que desplacen a un lado o a otro el cañón.

Uno de los soldados grita más que los otros porque es sargento.

Cuando volvemos a casa, Francisca se sienta al lado de Felipe en el coche, y de vez en cuando, cuando creen que no los vemos, se dan un beso.

En el Campo Grande también nos divertimos mucho, hay grutas donde poder esconderse y gritar. Felipe y Francisca nos mandan escondernos a Juan y a mí, luego vienen a buscarnos, pero no se dan ninguna prisa y nosotros nos damos perfecta cuenta de que lo que quieren es quedarse solos.

Cuando hemos vuelto a casa, he empezado a pensar de nuevo en Francisca. Francisca tiene ahora una habitación para ella sola; yo le he dicho a mi primo Alberto:

—¿Vamos a verla desnuda?

—¿A quién?

—A Francisca.

—No digas tonterías.

—Pero antes, bien la veíamos.

—Cosas de niños; ya somos mayores, ya no hay que pensar en eso.

Pero mi primo Alberto miente, porque si somos mayores como él dice, no es verdad que a los mayores no les guste ver desnudarse a las mujeres, porque a él bien que le gusta; así que no he querido dormir y me he ido yo solo a ver a Francisca. Su puerta está cerrada, pero hay luz; intento encontrar un agujero, pero la puerta no tiene ninguno, ni cerradura siquiera.

Me vuelvo a acostar; pero al día siguiente, con una punta y la plancha de planchar, abro yo mismo un buen agujero, aunque no muy grande, para que no se note. Aprovecho un momento en el que todos están fuera o en el mirador cerrado, que es el más alejado de la habitación de Francisca, para golpear con la plancha.

Por la noche, y a pesar del frío del pasillo, me voy a mirar por mi agujero, y veo a Francisca desnuda, sentada en la cama y sonriendo porque no está sola. Francisca tiene las manos fuera de mi vista, pero se ríe mucho.

Mi primo Alberto aparece entonces ante mis ojos, se inclina sobre Francisca y no veo nada. Después Francisca se acuesta y mi primo también, a su lado; los veo cómo se abrazan y cómo se suben uno encima del otro, los dos se ríen mucho. De pronto parece como si se pegaran los dos; oigo un pequeño grito de Francisca, seguramente mi primo Alberto le ha hecho daño.

Corro a acostarme, porque si Francisca sigue gritando, va a despertar a toda la casa; me meto en la cama, escucho, pero no oigo nada, me quedo esperando y finalmente me duermo.

No comprendo muy bien lo que pasa, pero creo que sí lo he comprendido. Los hombres y las mujeres se besan y se abrazan; y no se besan y se abrazan como hacemos nosotros, los pequeños; nosotros nos besamos y nos abrazamos de una manera tranquila, dulce, sin hacernos daño; en cambio, los mayores... Me doy muy bien cuenta de la diferencia que hay entre los besos de mi prima Luisa, por ejemplo, y los de Isabel, la morena hija de doña Felisa. Cuando Luisa me besa, me besa como siempre, sin mirarme a los ojos y sin apretarme por ningún lado; cuando Isabel me besa, me estruja contra ella y me deja sin respiración, y, a veces, en lugar de besarme, me chupa la cara o me la muerde, y siempre me mira fijamente a los ojos con sus grandes ojos negros.

Pues mi primo Alberto debe de hacer lo mismo con Francisca, y luego, un día, en el pasillo, mi primo Alberto también la pellizca, mete la mano por debajo de su falda y la pellizca, y muy fuerte, porque Francisca se sobresalta y hasta grita.

—¿Por qué la pellizcas?

—Hombre —me responde riendo—, a las mujeres les gusta.

Me decido a hacer la prueba con Isabel, y una tarde, cuando estamos solos en el corredor y me ha besado, le he levantado bonitamente la falda y la he pellizcado en ese muslo tan fino que tiene. Y sí, le debe de gustar, porque se ha reído mucho y me ha llamado:

—¡Pillín! ...mírenlo, tan pequeñito todavía y las mañas que tiene...

Empiezo, empiezo a comprender: a Francisca y a Isabel les gusta lo mismo, que las pellizquen en los muslos, que las abracen, que las estrujen, y no se enfadan, se ríen.

A Isabel, la morena hija de doña Felisa, lo mismo que a Francisca, le gusta que la miren. Y que la miren mucho. En la galería, Juan y yo jugamos con nuestros soldados y muchos cerdos; Isabel viene y se sienta, pero se sienta de una manera muy incómoda, con los pies en alto, apoyados en la barandilla de hierro que da al patio con arbolillos. Yo suelo pasar por debajo de sus piernas mirando todo lo que se puede mirar: tiene los muslos muy blancos o me parecen muy blancos porque su braguita es negra y su falda también. Isabel lee un libro y yo la hago cosquillas en los muslos; Isabel grita sorprendida y ríe alegremente.

—¡Pepito...! Te voy a pegar.

Pero no me pega nunca, se ríe y nada más.

Como continúo sin comprender del todo, me he ido derecho a mi primo Alberto y le he dicho:

—Tienes que explicarme una cosa.

—¿Cuál?

—¿Qué haces con Francisca, tú?

Me ha mirado y se ha reído.

—¿Por qué me preguntas eso?

—Os he visto que os acostabais juntos.

—No pensarás decírselo a nadie...

—No, no.

—Porque si lo dices... bueno, si se lo dices a tu madre, por ejemplo, echarán a Francisca de casa, ¿comprendes?

—Sí.

—Y yo te daré una paliza de la que te acordarás todos los días de tu vida, ¿entendido?

—Sí... sí, pero dime lo que hacéis juntos.

—Pues nada, nos besamos y nos abrazamos, nada más. Nos gusta besarnos y abrazarnos.

—Pero eso es un poco tonto.

—Bueno, muy tonto, muy tonto, no... espera a tener más años, por ahora no puedes comprender.

—Pero ¿por qué?

—¿Cómo que por qué?

—Sí, ¿por qué no puedo comprender?

—Pues por eso, porque eres pequeño todavía.

Mi primo Alberto me ha vuelto a hablar de lo mismo una tarde en el Campo Grande.

—Hay cosas que no se pueden explicar —me ha dicho—; pero verás, cuando tengas más años, te gustarán las mujeres.

—Pues las mujeres me gustan ahora.

—Sí, pero dentro de unos años te gustará besarlas y tocarlas... es decir, sacarás más gusto si las besas. ¿Comprendes?

—Sí.

—Pues eso es.

Total, que tengo que esperar a ser mayor para comprender muchas cosas; pero cuando tenga la edad de Alberto, de todas las maneras no me gustará hacer daño a una mujer, como él se lo hace a Francisca, porque a mí no me puede gustar eso.

Una tarde le pregunto a Isabel, la morena hija de doña Felisa:

—Oye, cuando yo sea mayor... pero mayor, como mi primo Alberto... bueno, cuando sea como él... ¿comprendes?

—Sí, acaba.

—Bueno, pues yo quería decirte nada más que…

—Que qué...

—Pues eso... ¿Querrás acostarte conmigo cuando yo sea mayor?

Isabel cierra el libro y me mira.

—¿Para qué quieres que nos acostemos juntos?

—Pues para besarnos y abrazarnos.

Isabel se echa a reír y dice:

—Para eso no hace falta ser mayor, ahora mismo lo podemos hacer.

Isabel me abraza y me besa.

—¿Ves? No tienes por qué esperar a ser mayor.

—Pero, no... no... —protesto.

—¿Cómo que no?

—No, mi primo Alberto dice que yo cuando sea mayor... que entonces me gustará abrazar y besar a una mujer, y que ahora no.

—¿Conque eso te dice tu primo?

—Sí... y por eso quería saber si tú... cuando yo sea mayor.

—Sí, cuando seas mayor.

—¿Y te meterás desnuda en la cama conmigo?

Isabel ha vuelto a abrir el libro y no me responde nada; parece que se ha enfadado; yo, para contentarla, le hago cosquillas en los muslos, pero Isabel, en vez de reírse como otras veces, me da una bofetada.

—¡Se acabó! ¿Te enteras? ¡Se acabó!

Se me saltan las lágrimas y me voy al cuarto que comparto con mi primo Juan. Me echo en la cama y me pongo a llorar porque no comprendo nada.

—¿Estás ahí?

Isabel entra en el cuarto y me abraza.

—Vamos... vamos... no llores, no llores.

Pero tengo tanta vergüenza que no puedo dejar de llorar.

—¿Te hice daño?

No, no me hizo daño, Isabel no sabe dar bofetadas, da unos cachetes pequeñitos; el padre del colegio de Salamanca sí que sabía dar bofetadas, pero Isabel no.

—Anda, dame un beso... así... y no llores más... cuando seas mayor, eso... me acostaré contigo... dormiremos juntos y toda la noche nos la pasaremos dándonos besos... así... así...

Isabel me vuelve a besar una docena de veces y me deja solo; pero yo no estoy contento... me acuerdo, no sé por qué, de María Luisa: y María Luisa me besaba sin aspavientos y yo la besaba de buena gana. Pero ahora todo ha cambiado, ahora hay otra cosa que no comprendo, que no puedo acabar de comprender.

Los franceses, al otro lado de la frontera, acogen a los fugitivos, los desarman y los agrupan en campos custodiados por soldados senegaleses.
En Roma, los cardenales eligen un nuevo Papa: Pío XII.

Mi primo Juan y yo seguimos hablando por las noches. Hablamos de la guerra y de las mujeres. Incapaces de encontrar una explicación de la guerra, divagamos:

—Tú has visto los romanos —dice mi primo—; en aquel tiempo se hacía la guerra de una manera... de una manera normal, eso es; los romanos contra los bárbaros; llegaban los romanos, se formaban en orden de batalla, y enseguida empezaba la batalla; si los romanos ganaban, y ganaban casi siempre, se quedaban con la ciudad.

—¿Y si perdían?

—Pues si perdían volvían al año siguiente con un ejército más grande y, esta vez, ganaban la batalla.

—Ahora no hay batallas.

—Sí que las hay, lo que pasa es que no te acuerdas. ¿No te acuerdas cuando todos hablaban de la batalla del Ebro, de la batalla de Teruel? Pues eso eran batallas.

—Y las ganaron los nacionales.

—Sí, claro, en esta guerra los nacionales siempre ganan. Los rojos pierden siempre porque, según dice Alberto, no tienen ni organización ni moral.

—¿Moral?

—Sí, moral, moral... entusiasmo... fuerza... eso, una mezcla la mar de rara.

Mi primo Juan siempre dice *una mezcla rara*, cuando no puede definir bien; lo mismo que dice *la mar* cuando quiere exagerar algo.

—La guerra se va a acabar de un momento a otro y los nacionales la van a ganar —continúa diciendo mi primo Juan—, todos los rojos caeran prisioneros o muertos. Mi padre dice que dentro de una semana entraremos en Madrid.

De las mujeres, mi primo dice:

—¿Tú sabes lo que es una puta?

—Una palabrota.

—Sí, pero una puta es una mujer que se acuesta con un hombre así, sin quererlo ni nada, sin que sean nada entre ellos... y se acuesta porque el hombre le da dinero.

—¿Cuánto dinero?

—No sé, dependerá... sí, dependerá, habrá putas grandes y putas pequeñas, las putas grandes costarán más dinero que las putas pequeñas. Puta también se dice *meretriz, ramera* y *furcia*.

—¿Cómo lo sabes?

—Viene en el diccionario. *Puta*, mujer pública, ramera... y luego le he preguntado a Alberto, y me lo explicó.

Me echo a pensar que a lo mejor Francisca es una puta que está escondida en nuestra casa, y que nadie sabe que es puta, y que mi primo Alberto le da dinero cada vez que se acuesta con ella. Pero, como de costumbre, no me atrevo a decir nada de esto a mi primo Juan.

—Cuando seamos mayores —continúa mi primo—, nos iremos con las mujeres, con todas las mujeres. Alberto dice que es una cuestión de dinero.

—¿Por qué de dinero?

—No sé, es una mezcla rara, pero él lo dice.

Para mí una puta es una mujer que tiene una vida secreta, misteriosa, que se esconde por el día y que sale por la noche; una mujer que tiene un secreto y que nadie lo sabe hasta que llega el momento; porque la puta existe, pero nadie sabe dónde está, por eso es misteriosa y muy difícil de descubrir. Francisca, nuestra criada, por ejemplo, nadie sabe lo que es, sólo mi primo Alberto y yo; pero yo he prometido no decir nada y mi primo Alberto tampoco dice nada.

Lo mejor de nuestra estancia en Valladolid es que me acuerdo de todo; porque cuando me pongo a recordar mi vida de Bilbao o mi vida de Bembibre o de Salamanca, todos los recuerdos me vienen mezclados, y yo soy incapaz de fijar los momentos o de seguir un orden cualquiera.

Tengo ya nueve años y ya sé pensar por mi cuenta.

Cuando estaba en Bilbao, sólo tenía cuatro, cinco y seis años, y todo lo recuerdo de una manera vaga. Sé que hablaba alemán, más alemán que español, pero ahora soy incapaz de decir una sola frase en alemán, y lo mismo me ocurre con muchos recuerdos: todavía puedo ver a María Luisa, pero sólo a ella, su persona entera, poniéndose o quitándose el corset negro, pero nada más; ya no me acuerdo de cómo era su cuarto ni de los objetos que nos rodeaban entonces.

Me acuerdo de mi padre, le veo todavía, pero su figura se va quedando inmóvil en mi mente: como una persona que, en verdad, ha muerto ya.

Me gustaría acordarme de todo y, cuando me acuesto por la noche, procuro recordarlo todo, pero día a día, poco a poco, tengo menos memoria y los recuerdos se van borrando.

Con Valladolid, con mi vida en Valladolid ocurre todo lo contrario, porque ya tengo nueve años y ya puedo pensar. Y me acuerdo de todo y muy bien.

Veo la catedral de Valladolid, cuadrada, maciza, simétrica y fea, y su altar mayor y los sillones con dos filas de curas que cantan en la semioscuridad de una Semana Santa; cantan bajo y muy mal, y de tiempo en tiempo apagan una vela: se llama el Oficio de Tinieblas.

La catedral de Valladolid es blanca por fuera y fría por dentro, demasiado grande, demasiado gigantesca, y uno no se da muy bien cuenta de sus proporciones. Mi primo Alberto dice que quedó sin terminar y que le falta una torre.

Sí, puede ser, pero la catedral de Salamanca también es muy grande y, sin embargo, no se pierde uno.

Lo único vago y difuso de Valladolid es nuestra casa, sus corredores y sus patios, sus galerías y miradores, y luego una oscuridad constante que no se sabe de dónde viene, porque hay ventanas por todas partes, pero por las ventanas entra muy poca luz. Las escaleras son bajas, cómodas, pero muy largas de subir en la oscuridad; y el descansillo de la escalera es enorme; nadie se conoce en la escalera y siempre hay gente que sube y baja.

Recuerdo muy bien la noche del incendio. Nos despertaron gritando, había que darse prisa porque podíamos abrasarnos todos. Yo estaba en pijama y alguien me echó una manta por encima de los hombros. Hasta que no me asomé a uno de los miradores no me di cuenta de nada, pero desde el mirador que da al patio abierto de los arbolillos, se veía una lluvia de chispas rojas, como si fueran grandes copos de nieve encendida, y caían lentamente, flotando y planeando en el aire como la nieve. El cielo estaba negro y las chispas se recortaban precisas.

Bajamos la escalera y salimos a la calle.

—Está ardiendo la universidad.

—Y el polvorín está en esta misma calle.

Todos hablaban al mismo tiempo.

—La incendiaron los rojos.

—Dicen que hay bombas dentro.

—Pero los han cogido, los han cogido a todos.

De lo que más hablaban era del polvorín.

—Como caiga una chispa, volamos todos.

—Toda la calle saltará.

—Es un peligro.

Tenemos que irnos de aquí, sobre todo los niños.

—Sí, que se lleven a los niños.

Mi tío Alberto, mi madre y Francisca cargaban con nosotros; mi tío con Luisa, Francisca con Juan y mi madre conmigo. Mi primo Alberto se había quedado en casa con tía Concha.

—¿Dónde vamos?

—Sí, eso. ¿Dónde vamos?

La gente pasaba de un lado para otro gritando, vestida de una manera muy rara. Avanzamos por una calle, al final se veía un gran resplandor rojizo.

Cuando llegamos al jardín de la Universidad, vimos el incendio. Las llamas salían por todas las ventanas, pero la universidad estaba allí, entera, como una casa llena de fuego; y el fuego sonaba como un río que corre, con ruido constante y sordo, como de catarata.

Había mucha gente, soldados y bomberos, y allí, en los jardines y gracias al incendio, todos nos veíamos la cara.

Mi tío Alberto dijo:

—Bueno, vámonos, aquí no hacemos nada.

Nos alejamos, una calle y otra y otra... mi madre cargaba conmigo a ratos.

—Pesas mucho ya.

Aquella noche dormimos en una casa extraña, en camas calientes todavía. La casa era la de un amigo de mi tío.

A la mañana siguiente volvimos a pasar por delante de la universidad camino de casa. La universidad seguía entera, pero vacía por dentro, como si todas las ventanas hubieran sido abiertas de par en par, y dentro no había nada, ni paredes siquiera.

Tia Concha se sonrió un poco cuando entramos:

—Ya os dije que no pasaría nada. Y podíais haber cogido frío, sobre todo Pepito.

¿Por qué yo? Sí, porque yo estaba enfermo cuando empezó el incendio; me había vacunado contra la difteria y tenía fiebre, mucha fiebre, y cuando me sacaron de la cama, también tenía fiebre, por eso me dieron una manta, para que me abrigara. Pero la verdad es que regresé de la excursión nocturna sin pizca de fiebre, y como si no hubiera estado enfermo nunca.

Mi tío Alberto tiene su opinion sobre el incendio.

—Ha sido por los ficheros; en la Universidad estaban todos los ficheros de González Anido, y hay mucha gente a la que le interesaba que esos ficheros desaparecieran.

—Pero ¿qué había en los ficheros? —pregunta mi primo Alberto.

—Eran los ficheros de la Dirección General de Seguridad; ficheros sobre las actividades y los antecedentes políticos de muchas personas. ¿Comprendes?

—No, no muy bien.

—Es muy fácil; imagínate que hay uno que pide un puesto cualquiera en un ministerio; bueno, pues si no está fichado, se lo dan, pero si está fichado, no se lo dan. Es para impedir que los rojos obtengan un puesto en nuestro nuevo Estado, eso es.

—Pero... ahora...

—Sí, ahora, ya verás como habrá muchos rojos por los ministerios.

Mi tío Alberto dice todo como si bromeara, pero mi primo habla en serio; casi siempre habla en serio mi primo Alberto; sólo cuando habla de las mujeres deja de estar serio.

Todos los periódicos vienen llenos de fotografías de obispos y cardenales; el Papa se acaba de morir y van a elegir otro. Mi primo Juan y yo recortamos todas las fotografías y las coleccionamos como si fueran cromos.

—A lo mejor eligen un Papa español —dice mi madre.

Pero doña Mariana dice que no, que eso no pasa nunca, que siempre eligen uno italiano. Tío Alberto opina como doña Mariana; doña Felisa, en cambio, dice que todo eso de las elecciones es un cuento.

Tardamos unos días en enterarnos que, efectivamente, como decía doña Mariana, han elegido un papa italiano que se llama Pío XII; su fotografía viene en todos los periódicos; tiene una cara muy fina, como afilada, y todos dicen que parece muy inteligente. Tío Alberto dice, además, que el nuevo Papa es muy amigo de los nacionales.

Por fin nos han llevado al teatro.

Lo que más me ha gustado de todo ha sido una chica que trabajaba de Blancanieves y que se parecía a Mari Pili, la de Salamanca; los mismos ojos rasgados y el mismo pelo negro, pero esta chica del teatro es más esbelta que Mari Pili; Mari Pili, a su lado, parecería regordeta, tengo que reconocerlo.

La chica del teatro trabajaba muy bien y tenía una voz muy bonita; iba toda vestida de blanco con una caperuza roja y, cuando andaba, daba saltitos como los gorriones. Lo que más me llamó la atención fue el final del cuento, porque después de matar al lobo, el príncipe decide convertir a los enanos en hombres. Y los enanos empiezan a entrar por el hueco de un árbol, pero no vuelven a salir, lo que sale son niños vestidos de falangistas, desfilando, con su fusil y todo. Y venga de entrar enanos y venga de salir falangistas; y los enanos son pequeñitos y barbudos, y los falangistas son un poco más altos y sin barba.

Yo estoy tan asombrado que no meneo pie ni mano. Mi primo Juan me dice:

—Tiene que haber trampa.

¡Claro que tiene que haber trampa! Eso ya lo sabía yo, pero me gustaría saber qué clase de trampa es ésa.

Despúes salen dos payasos que se llaman Gastón y Pacheli; y Gastón es un payaso grande que tiene la cabeza como un garbanzo, y Pacheli es un payaso delgado con la cara pintada de blanco y con un gorro puntiagudo. Gastón es el más simpático de los dos, y cuando se aprieta los botones del abrigo, sale agua; Pacheli se saca una paloma del gorro, y la niña que trabaja de Blancanieves vuelve a salir, y Gastón se la lleva de paseo y Pacheli no quiere, y se pegan los dos unas bofetadas descomunales que suenan como tiros.

Finalmente la chica se va con Gastón, y Pacheli se queda solo y echando humo por el gorro.

—También aquí hay trampa —me dice mi primo Juan.

Pero ya sabemos todos que hay trampa; en realidad el teatro es siempre así, sale gente al escenario y empiezan a hacer trampas, pero las trampas son muy divertidas y todos nos reímos mucho.

Gastón y Pacheli son dos payasos muy buenos, y unas veces se llaman Gastón y Pacheli, y otras, Garbancito y Pepinillo, porque la verdad es que parecen un pepino y un garbanzo, aunque mi madre dice que:

—Ahora, con la elección de Pío XII, ya veréis como Pacheli tiene que cambiar de nombre.

Como no entiendo nada, me lo explican: resulta que el papa actual, que se llama Pío, antes se llamaba Pacheli, y parece ser que no está bien que un payaso tenga su mismo nombre. A mí sí me parece que está bien, que es lo mismo, y además, Isabel, la morena hija de doña Felisa, me dijo:

—Es mucho mejor tu payaso Pacheli que el otro Pacheli Papa.

—¿Por qué?

—Porque tu Pacheli nos hace reír, y el otro nos hace llorar.

Isabel es muy rara, no se entiende lo que dice; lo mejor es no pedir más explicaciones.

En el teatro, las historias de Garbancito y de Pepinillo siempre son muy parecidas, Garbancito nunca está de acuerdo con Pepinillo y enseguida empiezan a discutir; después de discutir un buen rato, siempre se dan de bofetadas. Al final, todo acaba bien.

Luego, por la noche, sueño con la chica que se parece a Mari Pili, o a lo mejor sueño con Mari Pili, pero con una Mari Pili un poco cambiada, un poco más delgada, por ejemplo, y que va vestida de blanco.

Mi primo Juan ha mareado a todos a preguntas y parece ser que ya ha encontrado una solución:

—Escucha —me explica—: ya sé cómo hacen la trampa de los enanos que se convierten en falangistas. Mira, se trata de dos árboles, alrededor de uno giran los enanos y alrededor del otro giran los falangistas, pero los espectadores, los espectadores somos nosotros, sólo vemos una parte de este girar, por eso nos parece que los enanos se convierten en falangistas.

Como no lo entiendo muy bien, mi primo me lo vuelve a explicar y también me hace un dibujo.

Me gusta mucho mi primo Juan, porque siempre se anda preguntando el porqué de las cosas.

—Soy un investigador —suele decir.

Y ser un investigador significa que hay que investigar, preguntar, estudiar, leer y descubrirlo todo. Mi primo Juan es mucho más investigador que yo porque siempre está pensando; además, lee mucho, lee todos sus libros y los míos también y hasta alguno de los de Alberto; los únicos libros que no lee son los de Luisa, porque Luisa sólo lee cosas para niñas, novelas de esas que llaman de amor y en las que siempre hay una chica joven y un joven que acaban casándose al final.

Le hemos explicado a tía Concha todo lo que hemos visto en el teatro, porque tía Concha sigue en la cama y no puede levantarse para nada, ni siquiera para ir al teatro.

Un día me encuentro a mi madre llorando.

—¿Por qué lloras?

—Si no lloro...

—Sí... sí, lloras.

Mi madre se seca las lágrimas y me dice:

—Me da mucha pena lo que le pasa a tía Concha.

—¿Y qué le pasa?

—Pues eso, que está muy enferma.

—¿Muy enferma? ¿Y se puede morir?

—No... no... —empieza mi madre—, está enferma, pero se va a curar enseguida.

Mi madre me miente; yo sé muy bien cuándo las personas mayores mienten y cuándo dicen la verdad; y también sé cuándo las personas mayores están muy enfermas; y tía Concha está muy enferma y yo sé que un día cualquiera se va a morir y no la volveremos a ver más.

Francisca y Felipe nos han llevado al cine. Es verdad que nunca he tenido miedo, pero ahora sí he tenido miedo, porque en el cine hemos visto las aventuras de *El hombre invisible*.

Francisca nos saca de paseo a la plaza y enseguida aparece Felipe; Felipe dice que podemos ir al cine, y enseguida entramos en el cine que está en la misma plaza y que se llama el Cine Zorrilla, porque tiene el mismo nombre de la estatua que también está en la plaza. Como Felipe no tiene mucho dinero, tenemos que subir al último piso del cine y sentarnos en unos bancos muy largos que hay. Vemos la pantalla muy pequeñita, y el sonido parece que nos llega del fondo de un pozo.

De repente he empezado a tener miedo y todos han empezado a tener miedo. Algunos han gritado y todo, como mi primo Juan, porque lo que pasa en la película es terrible. Al Hombre Invisible no se le ve nunca, pero se ve cómo fuma o cómo levanta un libro y lo tira contra una ventana; hay una pistola que anda por el aire y de pronto dispara y mata a un hombre. Pero lo que más da miedo son las caras de terror, porque en la película todos tienen miedo y andan huyendo de un sitio para otro; tienen miedo del Hombre Invisible, que va a llegar de un momento a otro, que a lo mejor ha llegado ya y está entre ellos, y quizás va a matar a uno.

También yo tengo miedo, también yo debo de tener una cara de terror, quizá haya gritado como mi primo Juan, no lo sé, no lo puedo saber porque tengo demasiado miedo para darme cuenta de las cosas.

Mi primo me coge una mano y me la aprieta fuertemente.

—Tengo un miedo... —me dice.

La película transcurre lentamente y el miedo no se va ni un momento, y cuando todo acaba es peor, porque el Hombre Invisible se vuelve visible poco a poco, pero de una manera horrible; primero es el esqueleto lo que se ve, y después y muy poco a poco, todo lo demás.

Salgo del cine con las piernas flojas como si estuviera enfermo.

Por la noche ni mi primo Juan ni yo podemos dormir. Mi primo ha empezado a decir:

—Seguro que hay truco, seguro que hay trampa...

Encontrar la trampa del teatro no ha sido muy difícil, pero con la película no podemos hacer nada, no hay para nosotros explicación posible. Es lo mismo que la guerra, que no se acaba nunca, y que tampoco nos la podemos explicar. Continuamos haciendo figuras de papel en la galería e Isabel, la morena hija de doña Felisa, nos sigue contemplando; le hemos preguntado:

—¿Sabes cómo se hace en la película de *El hombre invisible*?

Hemos tenido que explicar todo lo que ocurre en la película, sobre todo eso de que los objetos andan por el aire. Isabel explica:

—Todo se hace con hilos, pero con hilos muy finos, tan finos que no se ven en la película.

Isabel nos sonríe. Después hablamos de la guerra.

—Mi hermano Alberto —empieza mi primo Juan— dice que la guerra se va a terminar enseguida.

Isabel deja de sonreír.

—Ya veremos.

—¿Tú crees que no?

—Yo no sé nada, pero todavía les queda mucho que hacer a los nacionales.

—Mi hermano dice que los rojos han perdido la guerra.

—Tu hermano no sabe lo que dice.

—Entonces, ¿no es verdad?

—No es verdad ¿el qué?

—Que los rojos han perdido la guerra.

—Pero ¿quiénes son los rojos? Vamos a ver.

Mi primo Juan se rasca la cabeza antes de responder:

—Pues eso... los rojos.

—Eso no es decir nada. Los rojos son como los nacionales, ¿comprendes?, pero mejores, mucho mejores que los nacionales; lo que pasa es que no tienen armas, eso es lo que pasa.

—No es verdad, mi hermano dice que tienen tanques rusos.

—Ya te he dicho que tu hermano no sabe lo que dice. Los rusos, los rusos... pero los rusos están muy lejos y los alemanes están más cerca.

Yo me quedo pensativo porque, de nuevo, empiezo a no comprender.

—Si los rojos pierden la guerra —continúa Isabel—, si la pierden, todo será peor.

—¿Cómo peor?

—Sí, porque habrá más pobres que antes.

La guerra es muy complicada y la morena Isabel nos la explica como puede:

—Los curas, los militares y los ricos —dice— están en guerra contra los obreros, contra los trabajadores, y si la ganan, les harán trabajar más que antes, mucho más...

Una tarde Isabel está sola y yo le digo de repente:

—¿Tú eres roja?

Isabel dice que sí, sin levantar los ojos del libro que está leyendo. Yo me quedo un poco asustado y me apoyo en su regazo:

—Eres roja... eres roja...

—Sí, Pepito, soy roja, como tú dices; pero tú también, tú también eres rojo.

No, yo no soy rojo, yo nunca he sido rojo, protesto.

—Sí, Pepito, sí... piensa un poco; los nacionales fusilaron a mi padre y yo soy roja; y los nacionales fusilaron a tu padre y tú eres rojo. ¿Comprendes?

Comprendo y no comprendo, y me echo a llorar porque tengo mucho miedo de ser rojo. Si soy rojo, los otros, los nacionales me llevarán preso como a los demás, y a lo mejor me fusilan, sí, me fusilarán como a los otros, como a los demás rojos, como a mi padre, como a Palmiro, como al padre de Isabel.

—Por qué lloras, hombre.

—Tengo miedo de ser rojo.

—No hay que tener miedo, tonto. Hay mucha gente que es roja, y no tienen por qué decirlo, no dicen nada, pero son rojos; tu madre, y la mía. ¿Tú crees que no son rojas? Pues lo son, igual que yo y que Tere y que mucha gente.

—Pero nadie lo sabe.

—Y aunque lo supieran qué. ¿Crees que nos iba a pasar algo?

Tengo demasiado miedo para discutir con Isabel, me limito a beberme las lágrimas, sorbiéndolas como los niños pequeños, con bastante ruido.

—Cuando seas mayor —continúa Isabel—, cuando seas mayor y te acuestes conmigo, comprenderás que eres rojo también.

Quizás sea rojo y quizás no lo sea, pero sólo el pensamiento de serlo me da miedo; los rojos, yo no sé muy bien cómo son, pero todo el mundo dice que son malos, que son bandidos y asesinos y ladrones.

—Si no eres rojo —insiste sonriente Isabel—, no te podrás acostar conmigo...

Estoy por contestar que no, que ya no quiero acostarme con ella ni con nadie; que prefiero dormir solo toda mi vida a tomar una decisión tan terrible como considerarme rojo. Pero no digo nada, Isabel continúa hablando y de vez en cuando me da un beso:

—Los rojos no pueden perder la guerra, Pepito, no pueden perder la guerra porque tienen razón; tú sabes lo que es eso, tener razón... bueno, pues los que tienen razón, nunca pueden perder... pero da lo mismo, aunque perdieran la guerra, aunque la ganaran los nacionales, no importa, un día u otro, los rojos volverán a echarse a la calle... y entonces se acabarán los nacionales, se acabarán para siempre... y entonces nos llegará a nosotros la hora de fusilar... ¿Comprendes?

No, no comprendo nada, no quiero comprender nada, y me tapo los oídos con las manos porque tengo miedo de seguir escuchando a Isabel, pero Isabel me coge las manos para seguir hablando dulcemente, dulcemente:

—Tú no conoces a los nacionales... tú no sabes lo que es llegar a una casa... y llevarse al padre para fusilarlo... y robar toda la casa... y llevarse a la madre al calabozo, y pegarla, y pasearla en cueros por la calle con el pelo cortado... y después de todo, coger a las hijas y... y...

Isabel se echa a llorar y no puede seguir hablando. Como nunca la he visto llorar, me quedo muy asustado. Pero Isabel se tranquiliza enseguida, se queda seria y me mira con los mismos ojos que doña Felisa.

—No, no hay que llorar... no hay que llorar... ni tú ni yo... ya verás, ya verás... un día nos acostaremos juntos tú y yo... pero un día también mataremos a alguien tú y yo... ¿Comprendes? ¿Comprendes lo que es eso, matar...?

Digo que sí con la cabeza porque no puedo articular una sola palabra.

—Ya te diré el momento... y tanto si los rojos ganan la guerra como si la pierden... no importa... no importa.

¿Comprendes? No importa. Además —añade sonriendo—, cuando una cosa sale mal, se la vuelve a empezar, pues lo mismo ocurre con la guerra, si ésta se pierde, se la vuelve a hacer, hasta ganarla... hasta ganarla de una vez para siempre.

—Sí, Isabel, sí...

Isabel me da un beso en mitad de la boca que me deja los labios doloridos; en realidad no debe de ser un beso sino una especie de mordisco fuerte.

Isabel se queda callada y abre el libro, pero no lee; hace como si leyera, pero no lee, y yo me doy cuenta; se ve que no quiere hablar y que está pensando en algo. Quizás en matar a alguien. Sí, yo sé que Isabel piensa constantemente en matar a alguien; hay cosas que se adivinan y una de ellas es la idea fija que tiene Isabel de matar; a veces parece que va a salir corriendo para matar, y otras veces, no; otras veces parece que imagina la muerte de alguien y entonces se la ve reír fríamente, en silencio, casi seriamente.

Isabel no vuelve a hablar y yo tampoco.

A partir de esta tarde, tengo dos nuevas cosas en que pensar: en que soy rojo, quiera o no quiera, y en que Isabel va a matar a alguien.

Por la noche, le digo a mi primo Juan:

—Yo soy rojo.

—No —me replica—, eres nacional.

—Te digo que soy rojo.

—No puede ser.

—Pues lo soy.

—Pues es una tontería porque los rojos van a perder la guerra, todo el mundo lo dice.

—Pues me da lo mismo; yo soy rojo.

Mi primo me mira detenidamente antes de preguntarme:

—¿Y se lo vas a decir?

—¿A quién?

—No sé... a todos.

—No, no... es un secreto; tú tienes que guardarme el secreto... es un secreto entre los dos, ¿sabes?, y el secreto es que soy rojo.

—Bueno.

Claro ¿qué va a decir mi primo? A él no le han matado a su padre, a él no le han matado a nadie, pero a mí me han quitado a mi padre y a Palmiro y los han fusilado; luego, por culpa de los nacionales, he tenido que separarme de María Luisa y de mi automóvil amarillo.

Paso una noche soñando y sin dormirme del todo. Lo primero que veo es la figura de Isabel: Isabel corre por una calle desierta con un cuchillo en la mano; corre deprisa, sin meter ruido, y yo sigo detrás de ella; corro, pero no la alcanzo nunca; yo también llevo un cuchillo en la mano, pero no sé exactamente si el cuchillo es mío o no; y tampoco sé para qué quiero el cuchillo. Veo a Isabel con los ojos que pone cuando se enfada, con los mismos ojos que su madre doña Felisa. Isabel lleva el cuchillo levantado, pronto a herir... y de pronto hiere: hay un grupo de soldados con boinas rojas y capotes pardos, como los que vi por las carreteras de Bilbao; son requetés e Isabel les clava el cuchillo, a unos y a otros, y los soldados van cayendo al suelo, nadie grita, no se oye nada, sólo Isabel:

—¡Mátalos, Pepito, mátalos!

Yo miro cómo caen los soldados y no siento nada.

—¡Mátalos, Pepito, mátalos! Eres rojo... mataron a tu padre, mataron a tu padre...

Sí, yo también tengo que matar, pero no me atrevo, soy demasiado pequeño, no puedo levantar el brazo, mi cuchillo pesa mucho, y quiero huir y quiero gritar, sobre todo gritar, y grito...

—Eh... ¿Qué te pasa?

Mi primo Juan se ha despertado, le digo que estoy soñando, y se vuelve a dormir.

De nuevo veo a Isabel, de negro, como siempre, sola, en mitad de una calle desconocida, no se ve ningún muerto, pero su cuchillo está chorreando sangre.

—Tienes que matarlos, Pepito, tienes que matarlos.

—No... no.

—Mataron a tu padre... mataron a tu padre.

Dejo de ver a Isabel y veo a mi padre: está oyendo la radio al lado de Palmiro; luego le veo con las manos por encima de la cabeza, le van a fusilar, le fusilan, cae al suelo y sus brazos quedan en cruz, como en aquel dibujo de un tebeo de Bilbao; no he oído la descarga, pero me parece que la voy a oír de un momento a otro...

Me despierto temblando. Debo de estar enfermo; no sé si despertar o no a mi primo Juan, que continúa durmiendo; tengo miedo de quedarme pensando solo, así, en mitad de la noche.

Me doy cuenta de que nunca podré olvidar a mi padre; de que soy su hijo para siempre; de que me parezco a él, como me dijo una vez mi madre, y sé que algún día tendré que pensar como él. Ahora sólo tengo nueve años, pero no importa, cuando sea mayor, cuando fume todos los días sin esconderme de nadie y lleve pantalón largo como los mayores, pensaré igual que mi padre; seré igual que mi padre, aunque ahora, en esta noche de Valladolid, no sepa cómo era mi padre ni cómo pensaba. Pero si mi padre era rojo, yo seré rojo como él, y si la guerra no ha terminado, cuando sea mayor me iré al frente y seré soldado, pero soldado rojo.

Siempre he tenido miedo de la guerra; cuando oía cañonazos en Bilbao, tenía mucho miedo, pero ahora ya no tendré miedo y me iré a la guerra como los demás, sin miedo, y dispuesto a matar, igual que los demás.

Luego de todo Isabel tiene razón, le mataron a su padre y pegaron a su madre, y a mí me mataron también a mi padre; tengo que ser rojo por fuerza, no puedo ser otra cosa; y si los rojos pierden la guerra, yo la perderé también.

Despierto a mi primo Juan.

—Qué pasa... qué quieres.

—Soy rojo, Juan, soy rojo...

—No... no...

—Sí, los nacionales mataron a mi padre.

—Sí, a tio José lo mataron los nacionales, ya lo sé, pero tú no eres rojo... además, lo mataron por equivocación.

—No es verdad, lo mataron porque era rojo.

—Bueno... pero tú...

—Yo soy rojo, Juan, te digo que soy rojo.

—No.

Discutimos, tenemos mucho sueño, pero discutimos; mi primo Juan declara que:

—Eres una mezcla rara tú... por una parte puedes ser rojo, pero, por otra parte, no. Por la familia de tu padre eres rojo, pero por la familia de tu madre, por nuestra familia, no, eres nacional.

¿Cuál es la familia de mi padre? Porque a la familia de mi madre la conozco muy bien: la abuela Vicenta, mis tíos y mis primos, hay también otros parientes diseminados por las montañas de León, alguna vez he oído hablar de ellos, pero no los conozco, nunca los he visto.

Pero ¿y la familia de mi padre? Sé que son andaluces, que vienen de un pueblo de Málaga que se llama Ronda; sé que mi padre tiene dos hermanas y un hermano, pero no sé ni cómo se llaman, no los he conocido y muy pocas veces he oído hablar de ellos. No sé por qué me parece que las hermanas de mi padre están enfadadas con mi madre, pero no lo puedo afirmar... ¿Cómo son ellos, los de Ronda? Rojos, tienen que ser rojos, porque mi padre lo era.

Empiezo a pensar que tiene que ser una familia socialista; no sé lo que quiere decir exactamente *socialista*, pero no importa, tiene que ser una familia socialista como mi padre.

—¿Socialista? —me pregunta mi primo.

—Sí, los socialistas son los que no quieren nada con los curas ni con los militares.

—Tú quieres decir comunista.

—No, socialista, socialista.

—Pues no está claro; porque los comunistas son los que matan a los curas y queman las iglesias. Todo el mundo lo sabe.

Intento imaginarme a mi padre matando a un cura y no lo consigo; no, verdaderamente mi padre no pudo matar a nadie, era demasiado bueno, lo mismo que Palmiro.

—Bueno—concluye mi primo Juan, que me ha escuchado atentamente—; si te vas al frente, yo me iré contigo, eso desde luego.

—Pero yo seré rojo.

—Pues yo también lo seré... el caso es que estemos juntos. ¿Comprendes? A los dos juntos no nos puede pasar nada, nos ayudaremos, y en la guerra es muy bueno esto de ser siempre dos... porque piensa, por ejemplo, que caes herido, que te pegan un tiro en una pierna, pues yo te cojo y te llevo al hospital... o que me pegan a mí un tiro, pues entonces vienes tú, me vendas la herida, me das dos o tres tragos de la cantimplora y hala, cargas conmigo camino del hospital.

Así pues, ya lo tenemos decidido, nos iremos los dos al frente, mi primo y yo.

—No hay que decir nada a nadie.

—No, si se enteran de que eres rojo, y de que nos vamos los dos al frente... menudo jaleo...

—¿Qué nos podría pasar?

—Nos cogerían presos... a todos los rojos los meten en la cárcel.

—Y los fusilan.

—Bueno, a unos sí y a otros no, supongo.

—A todos, a todos.

—Vamos, vamos... no hay que exagerar.

Mi primo Juan se vuelve a dormir, pero yo no tengo sueño, me duele la cabeza y me pican los ojos, pero no tengo sueño. Sé muy bien que esta noche es muy importante para mí y que no la olvidaré nunca. Me doy cuenta de que Isabel y yo seremos siempre iguales, aunque ella sea mayor que yo, aunque me lleve no sé cuántos años, pero siempre pensaremos lo mismo y, quizás, quizás estaremos juntos; de todos modos, pienso que un día nos acostaremos juntos, Isabel y yo, durante toda una noche, y dormiremos juntos y nos besaremos y nos abrazaremos.

También pienso en Mari Pili, pero Mari Pili, ahora, ya no es la misma Mari Pili de hace unos dias, es distinta, porque Mari Pili es nacional y yo sé que ya habrá algo que nos separará, nunca podremos ser iguales, de la misma manera que somos iguales Isabel y yo; y lo siento y me duele porque yo quiero mucho a Mari Pili; la quiero tanto, por lo menos, como he querido a María Luisa, que se quedó en Bilbao con mi coche amarillo.

Debe de estar amaneciendo porque veo una claridad muy grande que entra por la ventana y oigo las campanas de una iglesia. Las campanas de las iglesias suenan siempre cuando amanece, no sé por qué, pero es así. Los domingos, cuando nos llevan a misa, también suenan las campanas, y cuando los nacionales nos toman alguna ciudad, también.

Está amaneciendo y tengo frío.

Soy rojo y estamos perdiendo la guerra.

Tengo nueve años y sé que acabo de vivir una noche muy importante para mí; mañana le diré a Isabel que soy como ella, y que me espere, que me espere, porque yo voy a crecer todo lo deprisa que pueda para ir al frente y para acostarme con ella. E Isabel me esperará, lo sé, porque es igual que yo.

La República se acaba.
Los republicanos ceden en todos los frentes. El mes de
marzo es el mes de la derrota completa.
En Madrid, la Junta del coronel Casado intenta un
armisticio con el general Franco; inútilmente.

Nuestra casa tiene dos patios, uno cerrado y otro abierto.
En el patio cerrado hay una ventana y en la ventana una
mesa y un hombre sentado que dibuja; desde uno de nuestros
miradores, se le ve muy bien; es muy joven; sobre la mesa,
que es muy grande, hay láminas, acuarelas, pinceles y lápices. Desde donde estamos, no se puede ver muy bien lo
que dibuja, sobre todo al principio, cuando comienza su
trabajo, pero a medida que avanza en él, sobre todo cuando
colorea, la lámina cobra vida para nosotros.

Ahora la lámina esta llena de flores rojas y de flores
verdes, el joven continúa su trabajo lentamente. Nosotros le
vemos allá abajo, con la cabeza inclinada sobre la lámina,
apenas podemos percibir el movimiento de sus manos; de
vez en cuando se levanta y desaparece, entonces la lámina
queda sola, ante la ventana, entera a nuestra contemplación,
como si él la hubiese colocado así para que la viéramos
mejor.

—¿Quién es?

Doña Felisa dice que es un estudiante que vive en la
casa de enfrente, doña Mariana dice que no es un estudiante
precisamente, Isabel se sonríe y Teresa no dice nada.

Un día Isabel me dice la verdad:

—Es un camuflado.

—¿Qué es un camuflado?

—Pues un hombre que no ha querido ir al frente.

—¿Un rojo?

—No lo sé; cuando le llamaron para ir al frente estaba en su pueblo, se vino aquí y se encerró en esa casa.

—¿Y nadie lo sabe?

—Sí, los vecinos lo sabemos.

—¿Y no le pasará nada?

—No lo sé, Pepito; si lo cogen los militares, lo meterán preso, eso desde luego.

—¿Y no puede salir nunca a la calle?

—Al principio no salía nunca; ahora parece ser que sí; bueno, y si quieres saber más, pregúntaselo a Tere.

—¿Por qué a Tere?

Isabel se echa a reír, abre el libro y empieza a leer.

Yo no tengo mucha confianza con Teresa, la rubia hija de doña Felisa, hablamos muy pocas veces; además, Teresa está casi siempre fuera de casa; trabaja, como cajera, en una tienda, y cuando vuelve viene muy cansada. Isabel quiere trabajar, pero no encuentra trabajo en ningún sitio.

—Oye, Tere.

—Dime.

—¿Puedo preguntarte una cosa?

—Dime, anda.

—¿Tú conoces al chico ese que dibuja en el patio?

—Sí, sí... pero cállate la boca.

—Por qué.

—Porque si se entera mi madre...

Creo entender que Teresa y el chico que dibuja se van a pasear juntos, y que doña Felisa no sabe nada. Se lo cuento todo a Isabel, e Isabel me dice:

—Eso es.

216

Entonces yo empiezo a hablar:

—Yo también quiero salir a pasear contigo, porque tengo muchas cosas que decirte.

Isabel me pregunta muy divertida, casi riéndose:

—¿Y no me las puedes decir aquí?

—Sí, también te las puedo decir aquí. Oye, yo quiero que me esperes, porque en cuanto sea mayor me iré al frente a matar nacionales, pero luego quiero volver para acostarme contigo... si tú me esperas...

Isabel ha dejado de sonreír y me mira de una manera muy rara, me pone una mano en la cabeza y me acaricia el pelo, pero no dice nada, parece que va a llorar, pero no, no, se sonríe otra vez, se le pone la cara dulce.

—¿Me esperarás?

—Sí.

Pero el sí de Isabel es también un sí muy raro, muy bajito, como un suspiro; un sí muy pequeñito, quizás de juguete.

Yo me voy a buscar a mi primo Juan, porque ya tengo alineados a los soldados, y al salir vuelvo la cabeza: Isabel no me mira, se ha quedado pensativa, como muchas veces, pero lo que piensa ahora debe de ser muy bonito, porque sigue sonriendo.

Al anochecer, en el patio abierto, se celebra una fiesta. Nosotros hemos visto cómo colocaban farolillos y banderines entre los árboles; luego, en cuanto cae la noche, todo se ilumina: rojo y amarillo, los mismos colores que los banderines y que los farolillos, siempre los mismos colores de los nacionales.

—Son todos unos sinvergüenzas —dice doña Felisa—, todos nacionales hasta las uñas.

Mis primos y yo nos tumbamos en el suelo y asomamos las cabezas entre los barrotes de la barandilla para ver mejor.

Oímos la música y, a través de las ventanas abiertas, vemos cómo bailan.

Hay chicas y chicos, y sobre todo militares, oficiales de botas altas que bailan muy bien.

A mi prima Luisa le gustan mucho los militares que bailan y a mi primo Alberto le gustan las chicas.

Las parejas salen bailando por una puerta y dan algunas vueltas bajo los árboles iluminados.

—Bailan muy bien —dice Luisa.

—Regular —dice Alberto.

Yo no sé si bailan bien o mal, pero se está muy bien aquí, viendo cómo bailan y escuchando la música. Es de noche ya, y corre una brisa tibia, de primavera. Parece que todo está en silencio en la casa, todo oscuro; sólo abajo, las ventanas y la puerta abierta, iluminadas, dejan escapar el rumor del baile. Oímos cómo ríen y algunas veces los oímos cantar.

—Ésa es una cancion del frente —nos explica Alberto, que siempre es el más enterado.

Abajo cantan una canción que también canta Francisca:

Yo te daré,
te daré, niña hermosa,
te daré una cosa,
una cosa que yo sólo sé:
¡café!

Cuando todos dicen *café*, se echan a reír y enseguida vuelven a cantar lo mismo. A mí me parece una canción tonta, pero a mi primo Alberto le gusta mucho.

Algunos oficiales vienen casi, debajo de nosotros, a fumar un cigarrillo; hablan de la guerra, que se va a terminar enseguida, de Franco, que va a ganar la guerra, y de Negrín, que la va a perder; hablan mucho y se ríen; están contentos, ellos también, de que la guerra acabe.

Alberto y Luisa se van y Juan y yo nos quedamos solos.

—¿Te gustaría bailar? —me pregunta mi primo.

—Sí.

—Diremos a Luisa que nos enseñe. Luisa sabe bailar muy bien.

Yo no digo nada, pero pienso que me gustaría bailar con Isabel, la morena hija de doña Felisa; si un día tenemos que acostarnos juntos, lo mejor es que también sepamos bailar juntos.

La fiesta continúa: bailan, beben y cantan. Hay un momento en que un oficial viene con una chica debajo de nosotros; el oficial parece que la quiere besar, pero ella no se deja:

—Sólo un beso.

—No... no... estás loco.

Se debaten, pero la chica no grita; mi primo Juan y yo estamos muy excitados, queremos ayudar a la chica y no sabemos cómo; luego, sin hablarnos, tenemos el mismo pensamiento: sacamos nuestros pililines y nos ponemos a orinar sobre la pareja.

El oficial y la chica se quedan de repente callados, luego se ríen y para huir de la lluvia artificial, salen corriendo; antes de entrar en la casa, se besan; se les ve muy bien besarse.

Mi primo Juan y yo guardamos nuestros pililines y nos quedamos tristes.

—¿Has visto? La ha besado.

—Sí, la ha besado.

¿Queríamos nosotros impedir ese beso? ¿Nos molestaba el que un oficial con botas altas besase a la chica? No lo sabemos, pero nos quedamos tristes, como si con el orín se nos hubiera huido la alegría.

Mi madre viene a buscarnos para cenar; los demás ya están a la mesa cuando entramos y hablan de la guerra, como todos, como siempre.

A finales del mes de marzo de 1939, en Alicante, 45.000 republicanos esperan los barcos que les conducirán sanos y salvos al exilio, pero los barcos no llegan y tienen que entregarse sin condiciones a los nacionalistas.

La última semana de marzo la recuerdo muy bien; todo lo que ha ocurrido durante esta semana se me ha quedado grabado para siempre; nunca podré olvidar las caras de los otros, de los que me rodeaban, la cara de dolor de tío Alberto y de mi madre, los rostros de miedo y de dolor de mis primos, los ojos de doña Felisa y de Isabel... ninguna de estas caras, de estos ojos, de estos gestos que ahora me parecen inmóviles, se me pueden olvidar nunca.

Pero no sé cómo ni cuándo empezó todo.

La vida transcurría como siempre, doña Mariana había sacado de su maleta los tebeos que nos había prometido tantas veces. Los tebeos de doña Mariana no eran en realidad tebeos, sino revistas para mayores, pero las cuatro últimas páginas estaban dedicadas a los niños. Todos los tebeos de doña Mariana trataban de lo mismo: dos niños pequeños, uno blanco y otro negro, intentaban llegar a Nueva York por todos los medios, pero los naufragios, los salvajes, los bandidos, el viento y hasta los indios, se cruzaban en su camino una y otra vez. Un aviador los recoge en el desierto cuando iban a morir de sed, los niños le preguntan que a dónde va, y el aviador dice que a Nueva York, los niños se ponen muy contentos, pero cuando el avión llega a Nueva York, el aviador dice que no puede aterrizar y que si ellos se quieren quedar en Nueva York, sólo pueden optar por una solución heroica: tirarse en paracaídas. Los niños aceptan, saltan, pero aunque ven Nueva York, allí, al alcance de la mano, caen en el puerto, sobre la cubierta de un barco que en ese momento, precisamente, zarpa para Europa.

No, los dos niños, el blanco y el negro, no llegarán nunca a Nueva York; sus aventuras consisten en eso, en no llegar nunca y en dar la vuelta al mundo si es preciso, pero sin llegar nunca a Nueva York, en luchar contra negros caníbales, gángsteres, gitanos, ladrones de niños, fieras y tormentas... los tebeos de doña Mariana nos gustaron mucho, aunque, lo mismo mi primo Juan que yo, los empezábamos a encontrar un poco infantiles.

Luego, de repente... no sé cómo, no se cuándo, mi madre empezó a llorar y tío Alberto también. Tía Concha se había puesto muy enferma, muy enferma, y había que avisar a una ambulancia.

—Tienen que operarla.

Todos nos quedamos aterrados. Para mí, operar a una persona significa cortarle la carne con cuchillos de plata, abrir un agujero en su cuerpo, matarla un poco... y yo sé que cuando hay que operar, casi siempre viene la muerte.

Luisa se vino a llorar con nosotros.

—Se la llevan... se la llevan...

—Pero volverá —dice Juan—: acuérdate en Salamanca, también se la llevaron y volvió... y esta vez también volverá...

Pero Luisa, como es una niña, llora como las niñas y repite:

—Se la llevan... se la llevan...

Pasamos a ver a tía Concha; la pobre tía Concha está más delgada que nunca, con unos ojos que se le salen de la cara; tiene las manos frías y un poco moradas.

—Hola, Pepito.

—Hola, tía.

Tía Concha se deja besar, pero no devuelve el beso.

—Tienes que volver pronto —digo.

Pero esta vez tía Concha no sonríe, y sin mirarme a los ojos, me responde:

—Sí, Pepito, volveré pronto...

Se ve que no quiere mirarme a los ojos porque no me quiere decir la verdad. Mi primo Juan está conmigo y llora.

—No llores, Juan, no llores...

—Mamá... mamá...

—Tienes que ser bueno.

Sí, cuando las personas se van a morir o se despiden, siempre nos dicen lo mismo: que tenemos que ser buenos. Lo mismo me dijo mi padre en Bilbao cuando se marchó para siempre.

—Vuelve pronto... mamá...

Tía Concha no tiene fuerzas para hablar y nos mira; ahora sonríe, pero tiene los ojos llenos de lágrimas.

—Dadme un beso muy fuerte.

Todos la besamos, ella también nos besa y mi madre y tío Alberto tienen que intervenir:

—Bueno, marchaos ahora.

—No la canséis.

—Ya está bien.

Salimos del cuarto de tía Concha cuando los camilleros entran en casa. El ver a estos hombres vestidos de blanco me da tanto miedo que echo a correr y no paro hasta esconderme en los brazos de Isabel.

—Vamos... vamos... no llores.

—Se la llevan... se la llevan...

El que unos hombres vestidos de blanco se lleven a mi tía me produce la misma impresión y me aviva el recuerdo de los hombres con fusiles que se llevaron a Palmiro.

Tía Concha se va a morir, la van a operar, y en la operación se va a morir; los médicos no podrán salvarla ni nadie podrá salvarla, porque lo que se llevan los hombres vestidos de blanco es ya una mujer muerta.

Y todo esto lo pienso y, como lo pienso, se lo cuento a Isabel.

—No, no —protesta Isabel—, tu tía está muy enferma, pero...

—Muy grave.

—Bueno, muy grave, si quieres, pero no ha muerto todavía. Por eso la van a operar, y estará unos cuantos días muy grave, pero después...

—Después morirá.

—¡Pero por qué se va a morir!

—Porque lo sé.

—Eres tonto, Pepito, no se puede pensar así. Hay mucha gente a la que operan, a mi madre, sin ir más lejos, la operaron hace cuatro años del apéndice, y ya ves, no se ha muerto.

—Pero tía Concha sí morirá.

—Te digo que no.

Yo continúo discutiendo, sostengo que tía Concha va a morir, pero lo sostengo porque quiero que Isabel me convenza de lo contrario; pero Isabel no sabe o no puede convencerme.

—Sobre todo —me aconseja Isabel—, no se te ocurra hablar así delante de nadie. Que nadie te oiga lo que dices, porque sería... sería terrible.

—Sólo te lo digo a ti... pero lo sé, lo sé muy bien... siempre que alguien va a morir, me doy cuenta enseguida, así pasó con mi padre y con Palmiro... nadie me dijo que iban a morir, porque yo era muy pequeño y a los niños pequeños no se les dice estas cosas, pero yo lo supe enseguida, lo mismo que ahora... lo mismo.

—Pues ahora te equivocas.

La ambulancia se lleva a tía Concha y nosotros nos quedamos solos; mi madre se esconde por todas partes para llorar; mi tío Alberto y Alberto se han ido con tía Concha, y Luisa, Juan y yo, más solos que nunca, no nos atrevemos a hablar. Todos queremos preguntarnos lo mismo, pero nadie habla; mi prima Luisa llora, pero Juan y yo no lloramos.

Mi primo Juan y yo dibujamos, y lo que dibujamos mi primo y yo siempre es lo mismo: escenas de guerra, cañones, tanques, aviones, soldados y caballos. Los cañones disparan balas gordas que caen encima de un tanque y el tanque empieza a echar humo. Los aviones dejan caer sus bombas sobre los cañones y los cañones también echan humo; los únicos que no echan humos son los soldados y los caballos.

Luisa no sabe dibujar batallas; dibuja niñas que parecen muñecas y paisajes, una casa, un árbol... todo muy soso.

Cuando mi primo y yo dibujamos que un cañón dispara, imitamos el disparo con la boca; y lo mismo hacemos cuando llegan los aviones. Como dice Luisa:

—Se oye lo que dibujáis.

Claro que se oye, pero no conocemos otro medio de dibujar las explosiones. Una novedad en nuestra tarea de dibujantes es el piloto que se lanza en paracaídas mientras su avión cae envuelto en humo. Yo he dibujado un paracaídas en varios colores.

Mi tío Alberto y mi primo Alberto vuelven después de cenar.

—Todo va bien.

—¿Cuándo es la operación?

—Mañana.

—¿Mañana?

—Sí, mañana por la mañana, a primera hora... pero no sabremos nada hasta más tarde.

—¿Qué es lo que no sabremos? —pregunto.

—Pues el resultado; no, no sabremos si ha salido bien de la operación hasta que se pasen un par de días.

No comprendo muy bien y pido que me lo expliquen, pero no me lo explican, sólo me dicen:

—Si tú te crees que una operación es llegar y ¡zas!, ya está, pues no; una operación puede tener varias partes, ¿comprendes? Una intervención al principio y luego, según el resultado, una segunda, y así.

No entiendo nada, pero no estoy muy seguro de que los demás, los mayores, quieran que entienda.

Nos acostamos, pero no podemos dormir; a medianoche llaman a la puerta y el timbre se oye como si fuera una alarma. Todos nos encontramos en los pasillos de la casa, en pijama, en camisón, asustados: doña Mariana, doña Felisa y sus hijas, Francisca, mi madre, tío Alberto, y nosotros, todos.

—¿Qué ocurre?

—Mamá... mamá —llora Luisa.

—¿Qué pasa?

Alguien abre la puerta y la abuela Vicenta avanza por el pasillo, viene como siempre, de negro, estirada, con su cinta, y avanza con resolución.

—Vamos a ver —empieza—. ¿Qué hacen los niños levantados?

Un hombre viene con una maleta; la abuela Vicenta ha entrado en el comedor y se ha quedado de pie, ante la mesa; nos mira a todos severamente.

—Lo primero, acostar a los niños.

Los niños no se quieren acostar, están muy excitados y sin sueño, pero la abuela Vicenta se muestra inflexible.

—¡Eulalia! —ordena a mi madre— ¡Acuesta a los niños inmediatamente!

Nos acostamos protestando. Ya en la cama, mi primo Juan me pregunta:

—¿Sabes por qué ha venido la abuela?

—No.

—Cuando una persona está muy grave, pues... pues...

Mi primo Juan se echa a llorar y no puede acabar; pero yo sé muy bien lo que quiere decir: cuando una persona va a morir, vienen todos los parientes a despedirse, eso es.

A la mañana siguiente nos despierta Isabel, la morena hija de doña Felisa:

—¡Vamos, arriba los hombres!

—¿Y mi madre?

Isabel tarda un momento en contestar:

—Todos se han ido a la clínica.

—¿Todos?

—Sí, don Alberto, Alberto, Luisa, tu madre y Francisca.

Es muy tarde ya, lo menos las diez de la mañana. Isabel nos ayuda a vestir y nos da de desayunar.

—Hoy saldremos juntos, de paseo.

Pero nosotros queremos ir también a la clínica a ver a tía Concha.

—No puede ser —nos dice Isabel—, en la clínica no admiten niños.

Somos niños todavía, no hay que olvidarlo.

—Vamos, deprisa.

Hace sol, Isabel nos lleva de la mano. Isabel es alta y anda muy bien; los hombres se la quedan mirando y alguno le dice *guapa*, pero Isabel tiene la cara muy seria y no responde.

Nos detenemos ante un escaparate donde hay un enorme mapa de España lleno de banderitas.

Isabel mira atentamente las banderitas y nos dice:

—Todavía les queda mucho que hacer.

Un hombre aparece en el escaparate y comienza a manipular las banderitas, las desprende y las clava más allá, ¿más adelante? Cuando acaba, nos mira y sonríe a Isabel; Isabel escupe y su saliva se queda pegada al cristal del escaparate.

—¡Vámonos de aquí!

Ni mi primo ni yo nos atrevemos a preguntar nada. La mano de Isabel está tan caliente que quema. Andamos deprisa.

—Me canso —digo.

—Nos sentaremos.

Nos sentamos en un banco, cerca de un árbol y de un puesto de periódicos; Isabel me ha pasado una mano por los hombros y me acaricia la cabeza. Se está muy bien, así, con el sol en la cara, y la mano de Isabel que acaricia.

Juan se acerca al kiosko de periódicos y empieza a husmear como un perro.

—Van a ganar la guerra —dice Isabel, pero su voz viene como de muy lejos—. Sí, Pepito, están a punto de ganarla. Nosotros no tenemos ejército, no tenemos armas, no tenemos nada. Sólo tenemos muertos, muchos muertos.

No sé qué decir y le beso las mejillas.

—Pero aunque la ganen... aunque la ganen... esto... esto no puede quedar así...

—No, Isabel.

—Mataron a mi padre y mataron al tuyo, y van a seguir matando.

No lo creo; si la guerra se acaba, ya no matarán a nadie, no puede ser; durante la guerra, sí, hay que fusilar, como dicen todos, pero cuando la guerra acabe, no, ya no hay razón.

Isabel me mira con los ojos de doña Felisa:

—Tendremos que marcharnos de España.

Irnos, ella y yo, en un barco, por el mar; irnos lejos para besarnos en una isla desierta. Sí, yo también quiero irme, ahora mismo, ahora mismo.

—Quiero irme contigo, Isabel... te quiero mucho y quiero irme contigo.

Isabel me aprieta el brazo, mucho, hasta hacerme daño; como estamos en la calle, no puede cogerme en brazos, pero se nota que quiere hacerlo.

—¡Pepito... Pepito guapo!

Mi primo Juan se acerca:

—Han publicado otra novela de Buffalo Bill, que se titula *El cuchillo infalible*.

Pero yo ya no quiero oír hablar de Buffalo Bill, yo quiero irme con Isabel, lejos, muy lejos de Valladolid; somos rojos, ella y yo, y vamos a perder la guerra. La guerra la ganarán los nacionales, pero yo ya no soy nacional; mi tío Alberto y mi primo Alberto van a ganar la guerra, yo no, yo la voy a perder.

—Vámonos.

Al volver camino de casa, un hombre se para a hablar con Isabel.

—Me soltaron hace unos días; dile a tu madre que he visto a muchos amigos nuestros, un día iré por tu casa, tenemos mucho que hablar...

—La guerra... —empieza Isabel.

—No me hables, no hay nada que hacer; los comunistas tienen la culpa de todo, bien lo decía tu padre... y ahora nada, nada que hacer.

—Pero...

—No, hija, la guerra se ha perdido; estamos regateando una paz, una rendición honrosa, pero ni siquiera conseguiremos rendirnos, ni siquiera conseguiremos una paz. Franco quiere una rendición sin condiciones... y la conseguirá.

—No, no la conseguirá, no puede ser.

—¿Tan animosa como tu padre, eh? No, pequeña, no esperes nada, no hay nada que esperar.

El hombre se despide de Isabel y se va calle arriba: lleva un abrigo raído y un sombrero, a pesar de que no hace nada de frío.

—¿Quién era?

—Un amigo nuestro; acaba de salir de la cárcel; se ha pasado en la cárcel más de dos años.

—Pero no le fusilaron.

—Y ¿por qué lo iban a fusilar? No había hecho nada; sólo pertenecía a un partido y esto le ha valido más de dos años de carcel. ¿Qué quieres? ¿Que los fusilen a todos? ¿Que los fusilen como a mi padre o como al tuyo?

Isabel habla enfadada, casi gritando, mi primo Juan está un poco asustado, pero yo no; a mí no puede asustarme Isabel porque comprendo muy bien lo que dice y por qué lo dice.

Cuando llegamos a casa, la abuela Vicenta:

—Tenéis que rezar mucho.

La abuela Vicenta siempre dice lo mismo cuando algo no va bien; ahora tenemos que rezar porque a tía Concha la acaban de operar.

—Está grave, muy grave, pero se puede curar.

Mi madre tiene los ojos rojos y sólo sabe repetir:

—Hijo mío, hijo mío...

Mi madre tiene miedo; cuando tiene miedo, suele abrazarme y besarme, me llama *hijo mío, hijo mío*, y a veces, se pone a hablar de mi padre.

Luisa nos cuenta:

—Nos metieron en una habitación que olía a alcohol y no nos dejaron salir ni un momento; de vez en cuando venía una enfermera a decirnos que todo iba bien; pero papá no estaba tranquilo. Todos estábamos nerviosos. Cuando terminó la operación, quisimos ver a mamá, pero los médicos sólo dejaron pasar a papá y a tía Eulalia. A nosotros, no.

Tío Alberto no quiere dar muchas explicaciones, se limita a decir:

—Todo va bien, pero hay que esperar.

La abuela Vicenta nos reúne a todos después de comer y empieza a rezar un rosario. Todos estamos sentados alrededor de la abuela Vicenta, pero ella está de pie, en una mano el bastón y en la otra el rosario; reza enérgicamente, como si estuviera enfadada con Dios, con la voz monótona y un poco ronca.

A mí no me gusta rezar, pero rezo como los demás, cuando me toca.

La abuela Vicenta dice:

—Poneos de pie para rezar la letanía.

Todos nos ponemos en pie y la abuela Vicenta reza la letanía sin cambiar el tono de la voz.

Cuando terminamos, yo me voy al mirador. Isabel, sentada, con los pies apoyados en la barandilla, lee.

—¿Qué lees?

—Un libro... algo muy complicado para ti. Y tú, ¿acabaste el rosario?

—Sí.

Me siento en el suelo, a su lado, bajo sus piernas blancas y finas, sin ganas de jugar. Pienso en un viaje, en un barco y en el mar; de repente, me entran unas ganas terribles de irme con Isabel.

—Quiero irme contigo...

Isabel me pone una mano en la cabeza y sigue leyendo sin replicarme nada.

Mi primo Juan aparece corriendo.

—¡Dice Alberto que estamos entrando en Madrid!

Isabel crispa su mano sobre mi cabeza, pero no dice nada.

—Lo acaba de oír por la radio.

Isabel y yo sabemos que vamos a perder la guerra y no replicamos nada.

A finales de marzo de 1939, los nacionalistas ocupan todos los frentes; los republicanos se rinden sin resistencia.
El general Franco prepara su entrada en Madrid.

La abuela Vicenta nos hace rezar otro rosario antes de cenar. Tío Alberto y mi madre están en la clínica; mi primo Alberto no sé dónde está y mi prima Luisa está enferma. Doña Felisa y doña Mariana están muy tristes y lloran, pero yo sé que no es por tía Concha, sino porque la guerra se está acabando. Doña Mariana suspira y dice:

—Tantos muertos, tanto sufrimiento, tanto dolor... para nada, para nada...

Doña Felisa se exalta:

—¡No hay justicia! ¡No hay justicia!

Teresa, la rubia hija de doña Felisa, viene de la calle diciendo:

—Estamos de fiesta, han mandado cerrar todos los comercios y poner colgaduras en todos los balcones.

Isabel no dice nada, cada día está más seria y habla menos; antes se reía cuando yo la pellizcaba los muslos, ahora me retira la mano y me dice seria:

—Estate quieto, Pepito.

Nadie tiene ganas de jugar y me voy con Luisa.

—¿Sabes lo que dice mi padre? —me pregunta— pues que en cuanto acabe la guerra de una vez y mamá se ponga buena, a lo mejor, nos vamos a vivir a Madrid.

—¿Yo también?

—Claro que tú también.

Pero yo no estoy seguro; si nosotros tuvimos que marcharnos de Bilbao por culpa de la guerra, lo natural es que tengamos que volver a Bilbao cuando la guerra acabe. Nuestra casa está en Bilbao, con María Luisa y con el coche amarillo, que me está esperando. Hace mucho tiempo que no veo a María Luisa, pero todavía me acuerdo de ella; también me acuerdo del coche amarillo.

—Mi madre y yo volveremos a Bilbao —digo.

—No... no... —replica Luisa— os quedaréis con nosotros; os quedaréis siempre con nosotros.

Quedarnos siempre juntos, mi primo Juan y yo; Luisa no me importa y Alberto tampoco; no es que no los quiera, porque sí los quiero, pero Luisa no es mi hermana ni mi amiga, piensa como los mayores y nunca juega con nosotros; Alberto es todavía peor, porque ahora que soy rojo, porque soy rojo, como dice Isabel, Alberto no puede ser mi amigo, ni mi primo ni nada; Alberto es falangista y siempre habla de la guerra que van a ganar ellos, los falangistas.

—Os quedaréis siempre con nosotros.

Pero yo no lo puedo saber.

En la cocina, doña Felisa y doña Mariana, sentadas, silenciosas, como si estuvieran dormidas. En el mirador, Isabel ha dejado de leer y tiene los ojos fijos en los arbolillos del patio, Tere está a su lado y se peina ante un espejito pequeño.

Mi primo Juan lee una novela y yo me veo dando vueltas y revueltas por todos los pasillos de esta casa. ¿Qué pienso? No lo sé. Creo que todos estamos esperando algo, una noticia quizás. Alguien va a venir de un momento a otro y nos va a decir que la guerra ha terminado. O que tía Concha ha muerto.

Ansiedad. Esto se llama ansiedad, y la ansiedad es como esperar tristemente.

Francisca en su habitación, dormida sobre la cama, sin desvestirse siquiera; no ha podido dormir la noche anterior y se ha tumbado, cansada, sin poder más.

¿Dónde está mi primo Alberto? Ha salido y no ha vuelto todavía.

La abuela Vicenta se pasea por el comedor, se oye el ruido de su bastón, toc-toc, da unos paseos cortos porque el comedor no da para más; la abuela Vicenta sigue rezando, no se ha separado de su rosario.

Llaman a la puerta; Isabel y yo abrimos la puerta que da al enorme descansillo oscuro. Es Felipe, el chófer de mi tío; allí, en la oscuridad, apenas se le ve la cara.

—Vengo a buscar a la abuela.

No dice más. ¿Qué ocurre? Seguro que tía Concha se está muriendo, pero Felipe no dice nada.

La abuela no pregunta nada, sale muy derecha del comedor y se va con Felipe. La puerta se vuelve a cerrar y todo queda en silencio.

¿Qué hora es? Debe de ser mediodía, o quizás más tarde; pero nadie se mueve; tengo hambre y me voy a la cocina.

Doña Felisa me da de comer un huevo frito y un vaso de leche. Hoy no ha funcionado la cocina y nadie come como los otros días. Francisca sigue durmiendo y Luisa también se ha dormido.

A mi primo Juan le ha entrado el hambre de repente:

—Voy a despertar a Francisca para que me dé de comer.

Pero doña Mariana dice que Francisca está muy cansada y que ella misma va a darle de comer.

Me vuelvo a pasear. Pasillos, miradores y corredores; todo está un poco oscuro, todo me engaña y me confunde porque no puedo contemplarlo claramente. Hay un largo pasillo interior con ventanas que no dan ninguna claridad, luego la cocina, entre el pasillo y el mirador que da al patio con arbolillos. Otro pasillo, también oscuro, comunica con el mirador que da al patio cerrado, el patio en una de cuyas ventanas dibuja el chico que sale con Teresa, la rubia.

—Alemania ocupó Checoslovaquia.

¿Quién está hablando?, y además, ¿dónde está Checoslovaquia?

—Dentro de poco habrá otra guerra europea. Esto está claro. Negrín lo sabía, por eso quería resistir como fuera. Pero en cuanto Europa entre en guerra...

¿Pero de qué guerra hablan?

Es el hombre que encontramos el otro día en la calle, con el mismo abrigo raído y ahora sin sombrero; está sentado y habla con doña Felisa y doña Mariana.

—El gobierno de la victoria, así es, y ahora a esperar...

—Pero ellos no esperaron; a estas horas andarán por Francia, con el riñón bien cubierto.

—Si hubieran dejado a Largo Caballero...

—Yo ya no sé qué pensar.

—Pues piénselo usted; los comunistas no han sabido ganar la guerra; sólo les interesaba acabar con el POUM y nada más.

—Pero los rusos...

—Stalin ha firmado un pacto con Alemania, con la Alemania de Hitler, del aliado de Franco... los rusos son una broma de mal gusto que nos ha costado muy cara...

No entiendo nada y me voy al mirador con Isabel y con Teresa, intento hablar con ellas, preguntarles algo, pero no me contestan. Nadie quiere hablar.

Por la tarde viene mi madre, pero sólo está un momento con nosotros.

—Tía Concha está muy mal, muy mal —me dice llorando.

—Se va a morir.

—No... no...

Mi madre se va a marchar de nuevo; cuando ya está en la escalera, la alcanzo:

—Mamá.

—Dime.

—¿Cuándo se acaba la guerra?

—Pronto, hijo mío, muy pronto.

—¿Cuándo?

—Un día de éstos; mañana, quizá.

—Y cuando se acabe, ¿nos iremos a Bilbao?

Mi madre se queda pensando un momento; parece que no se le ha ocurrido pensar todavía que nuestra casa está en Bilbao.

—Sí, ¿nos iremos a Bilbao?

—No lo sé, hijo, no lo sé.

—Nosotros tenemos nuestra casa en Bilbao; María Luisa nos la ha guardado.

—Pero, Pepito, ya no tenemos casa en Bilbao, todo lo vendimos, y María Luisa se ha casado y espera un niño.

No puedo hablar, mi madre me da un beso y se va. Yo cierro la puerta y me siento allí mismo, detrás de la puerta, en la oscuridad del corredor, sin fuerzas, llorando.

Ya no tenemos casa, ya no tengo coche amarillo, y María Luisa no se acuerda de mí. Sé que no se acuerda de mí para nada. Yo sí me acuerdo porque ella me lo dijo, me dijo que pensara mucho en ella para que no la olvidara, y yo he pensado siempre en ella y no la he olvidado nunca; aunque haya soñado con Mari Pili, la chica de Salamanca, y ahora con Isabel, la hija de doña Felisa... pero a ella, a María Luisa, no la he olvidado.

María Luisa, siempre sonriente, siempre guapa, muy guapa, en Bilbao, en nuestra casa, al lado de mi coche amarillo y pensando en su Pepucho.

Y ya no es verdad.

Nada es verdad porque María Luisa se ha casado y va a tener un niño. Si ahora me presentara delante de ella, seguro que ni me conocía siquiera.

Isabel me encuentra tumbado en el suelo, sollozando; me coge en brazos, pero no me pregunta nada; como peso mucho, no puede conmigo y se detiene en mitad del pasillo, se sienta también en el suelo y me abraza; yo lloro, inconsolable.

—Pepito... Pepito...

Isabel me besa, parece que llora también, pero no me importa; ahora a mí no me importa el que todos se echen a llorar.

María Luisa se ha casado y espera un niño. Sé que nunca más la volveré a ver, que nunca más me contará el cuento de la voz misteriosa; nunca más la veré ponerse su corset negro ni dormiré con ella, abrazados como antes, como cuando me quería y no se había olvidado de mí.

María Luisa tiene, va a tener, lo veo ya, otro niño para ella, otro que no soy yo y, no sé por qué, me parece que se llama Pepucho, pero otro Pepucho que no soy yo.

No, no me importa el coche amarillo, ni siquiera la casa de Bilbao, lloro porque María Luisa se ha olvidado de mí.

Estoy en mi cama y sigo llorando. Es de noche porque la luz ya está apagada, pero no puedo dormir. Sueño con María Luisa: estoy en su habitación, ante su ventana, por la que entra una luz extraña y blanca; María Luisa, en corset, no me mira; le pido que me cuente el cuento de la voz misteriosa, pero María Luisa no me hace caso, mira para otro lado, no me ve siquiera, no me escucha, no quiere nada conmigo; suplico, lloro... nada; María Luisa se ha olvidado de mí, me mira como miran los ciegos, con los mismos ojos, no me ve; intento besarla, pero María Luisa echa a correr por el jardín del Colegio Alemán de Deusto.

—*Eile dich!* —me grita alguien.

Pero yo he olvidado el alemán, no entiendo nada, y María Luisa sigue corriendo delante de mí. Ahora está sentada en el Campo Volantín con un niño en brazos, con su niño en brazos, y le mira y le besa; yo me acerco a ellos, pero María Luisa me dice:

—Es mi niño, ¿sabes?, es mi niño.

Solo, estoy solo; todos los que me rodean hablan alemán y yo no los comprendo. De repente, María Luisa también se ha puesto a hablar alemán, y la abuela Vicenta reza un rosario en alemán.

Solo, completamente solo. Se oyen tiros y repicar de campanas, pero yo no veo nada. Estoy solo y no sé lo que me pasa ni lo que quiero. Sólo recuerdo que antes, antes de ese ruido y de esta oscuridad, yo era un Pepito distinto, que me reía y jugaba como los otros niños, pero ahora todo ha cambiado; los otros han cambiado y yo también he cambiado, yo también, yo también...

El 28 de marzo de 1939, las tropas nacionalistas entran en Madrid.

—Despierta, vamos, levántate.
Me levanto medio dormido; mi primo Alberto me dice:
—Estamos entrando en Madrid.
Mi primo Alberto parece muy contento; yo no respondo nada: me lavo, desayuno recordando mis sueños, suspirando y con ganas de seguir soñando.
—Vámonos a la calle; hay altavoces por todas partes.
Salimos, Alberto, Juan y yo; Isabel se viene con nosotros en el último momento. Hay mucha gente por la calle, colgaduras, banderas, gritos, rumor de campanas y canciones. Nosotros nos cogemos de las manos para no perdernos; todos nos empujan; llegamos a una plaza y nos abrimos paso hasta un árbol; en el árbol, quizás en todos los árboles, hay un altavoz.
Se oye una música militar, cornetas y tambores; y de pronto alguien empieza a hablar:
—¡Aquí Madrid!... ¡Aquí Madrid!...
La gente chilla, se agita, ríe en torno nuestro.
—¡Aquí Madrid!... El Jefe de la Cuarta Bandera de Falange os habla desde Madrid...
Isabel me aprieta la mano.
—Españoles...
La voz habla y habla y habla; es una voz simpática, joven, que habla claramente; dice que han tomado Madrid, y que en Madrid todos los madrileños están en la calle...

240

—...victoria... es la victoria...

—Derrota... es la derrota —me dice Isabel, en voz baja, como si tuviera miedo.

La gente de la plaza vuelve a gritar; algunos empiezan a cantar el «Cara al Sol», pero otros mandan que se callen; todos se callan y los altavoces continúan hablando:

—...hemos dejado las trincheras donde cayeron tantos camaradas nuestros... para entrar en este Madrid de España... en este Madrid reconquistado, rescatado para siempre... ¡Arriba España!

Toda la plaza grita de nuevo.

Otra voz anuncia:

—Españoles, os habla el comandante del Batallón...

La voz del comandante nos habla desde Madrid; no sé lo que dice; Isabel me retuerce la mano, mis primos están muy excitados; yo no sé qué pensar: debe de estar acabando la guerra, sí, la guerra se termina y María Luisa tiene un niño.

—¡Viva Franco! ¡Arriba España!

Por el altavoz hablan nuevas voces, falangistas y militares, voces emocionadas, fuertes, voces de hombre y a veces temblorosas, que siempre acaban gritando:

—¡Arriba España! ¡Viva Franco!

De nuevo una música militar: toda la plaza se llena de trompetas jubilosas, la gente se abraza, se besa, grita, canta; todos están alegres y yo también quisiera estar alegre. Sólo Isabel, pálida, se muerde los labios para no llorar; a veces, no puede más y suspira.

Mi primo Alberto grita:

—¡Se acabó la guerra! ¡Se acabó la guerra!

El altavoz vuelve a hablar:

—...desde Madrid liberado... la paz empieza con la victoria... banderas victoriosas...

Cantan el «Cara al Sol», oigo perfectamente:

Volverán banderas victoriosas
al paso alegre de la paz...

Y un poco más tarde:

Volverá a reír la primavera...

Quizá haya llegado la primavera en esta plaza de Valladolid y por eso todos cantan y ríen. De nuevo el ruido no me deja entender nada; Isabel quiere volver a casa, pero mis primos no quieren.

—Se acabó la guerra para siempre —dice un señor a nuestro lado.

Y una mujer comenta, refiriéndose sin duda, a los soldados:

—Los pobres... ya era hora de que volvieran a casa...

La voz del altavoz nos describe la entrada de las tropas nacionales en Madrid, los camiones que desfilan por la Puerta del Sol, las colgaduras de los balcones, la liberación de los presos, las banderas, los cantos, los abrazos, el acompasado marchar de los soldados, el pasar de los aviones... la voz está un poco ronca ya, cuando de nuevo repite:

—...Españoles... victoria... Madrid...

Volvemos a casa; en el camino nos encontramos con una manifestación: banderas de Falange y banderas nacionales, y de nuevo el «Cara al Sol».

Nuestra calle también está llena de gente que se encamina gritando a la plaza de la Universidad, tenemos que volvernos a coger de la mano para no perdernos. Llegamos, el portal y los escalones oscuros. Cuando entramos, Francisca, llorando, se abraza a nosotros. Yo, al principio, no comprendo nada, pero Francisca:

—...tu madre... tu madre... —le está diciendo a Alberto.

Tía Concha se está muriendo y tenemos que ir a la clínica. No tengo tiempo de contemplar las caras de mis primos, pero deben de estar llorando.

De nuevo en la calle. Esta vez Alberto nos lleva de la mano a Juan y a mí. La gente sigue gritando, desfilando con sus banderas, todos van cantando, pero ni mis primos ni yo tenemos ánimos para escucharlos.

—Deprisa... deprisa...

Alberto carnina muy deprisa, de nuevo la plaza con los altavoces, y una calle y otra, y otra, una verja y un jardín silencioso. Veo una monja que nos sonríe, nos acercamos, la monja nos dice:

—Hemos tomado Madrid.

Seguimos adelante. Hay una habitación que huele de una manera muy rara; mi madre, en una silla, llora; tío Alberto y la abuela Vicenta están de pie mirando por la ventana.

—No... no —dice tío Alberto—, no podéis entrar... tenéis que esperar.

Nos sentamos sin decir nada, sin preguntar nada. Sabemos que tía Concha se está muriendo, pero no la podemos ver. De nuevo una monja que entra sonriendo:

—¿Son sus hijos? —pregunta.

La monja nos da unas palmaditas cariñosas y nos dice:

—Bravos mozos... bravos mozos...

La abuela Vicenta, no sé por qué, nos mira severamente, no sé lo que hemos hecho para que nos mire así; seguramente nada, lo que ocurre es que nuestra abuela siempre mira de la misma manera: no le gustan los niños.

—¿No la podemos ver? —pregunta mi primo Alberto.

—Tenéis que esperar...

Lo terrible para mis primos y para mí es que no sabemos si tía Concha ha muerto o no, y no nos atrevemos a preguntarlo. Los mayores, ellos, lo saben, pero no lo dicen.

Permanecemos callados, dominándonos, pero al fin, mi primo Juan no puede más y pregunta:

—Pero no ha muerto, ¿verdad?

La abuela Vicenta le mira enfadada y tío Alberto responde:

—Tu madre está muy mal... pero no ha muerto...

Mi primo Juan se echa a llorar, sin que nadie le consuele.

—Están intentándolo todo —continúa tío Alberto—, pero ya me han dicho que es inútil... todo es inútil...

Mi primo Juan empieza a llamar a su madre y yo me echo a llorar. Mi madre se abraza a Juan:

—No llores... no llores...

Pero todos lloran.

¿Cuánto tiempo estamos en esta habitación? No lo sé; una monja entra y sale, luego pasa un hombre vestido de blanco; más tarde, mi tío Alberto se va y vuelve, al entrar se derrumba en una silla y hunde la cabeza entre las manos, desesperado; todos salen y entran, pero yo no me atrevo a moverme; nadie dice nada y todos lloran.

—Ha muerto.

¿Quién ha dicho que tía Concha ha muerto? No lo sé, un médico, una monja, quizás. Luego me llevan de una mano, un pasillo blanco y una habitación, una cama... no me atrevo a levantar los ojos, no quiero verla... sólo las manos, sólo unas manos cruzadas, moradas y afiladas... las manos de tía Concha; pero a ella no la veo, no la quiero ver, tengo la vista fija en sus manos y nada más... la mano que me ha guiado hasta la cama me vuelve a guiar... ahora estoy en el jardín de la clínica, calienta el sol, pero yo no tengo calor.

—Ven, Pepito.

Debe de ser mi madre, sí, es mi madre, los dos solos por las calles llenas de gente que canta; los dos solos como en Bilbao, como en el viaje a Bembibre, mi madre y yo, mi madre y yo...

En casa, en el corredor: Isabel lee un libro con los pies apoyados en la barandilla de hierro; estamos solos y no decimos nada. Isabel me ha besado al entrar, pero me ha besado de una manera triste, no como suele besar. Tía Concha ha muerto, Isabel y yo hemos perdido la guerra y no sabemos qué decir.

En el patio, abajo, entre los arbolillos, ha empezado a llegar gente, ponen música, van a bailar; los oficiales y las chicas del otro día. Se oye reír y cantar.

—Están muy contentos ésos —me dice Isabel.

—Sí.

—Están de fiesta porque han tomado Madrid y han ganado la guerra.

—Sí.

Isabel vuelve a leer y yo vuelvo a quedarme callado. ¿En qué pienso? No pienso en nada preciso; recuerdo, no sé por qué, que a tía Concha le gustaban mucho las pajaritas de papel.

De pronto aparece Luisa y se sienta a mi lado; Luisa está muy cansada y tiene fiebre.

—Mañana será el entierro —dice.

Pobre Luisa, tiene la voz tan cansada que parece una persona mayor.

1 de abril de 1939, el parte del Cuartel General de los nacionalistas comunica que la guerra ha terminado.

Ayer enterraron a tía Concha y hoy se ha acabado la guerra. Como tía Concha ha muerto, nadie está contento y todos tienen cara de haber llorado. Yo quería mucho a tía Concha y me da pena que haya muerto, y se lo digo a Juan:

—Yo quería mucho a tía Concha.

Juan, que ha llorado mucho, ya no llora y tampoco me contesta.

Ahora vivimos de una manera muy rara: Francisca viene y se va, entra y sale todo el tiempo; mi primo Alberto se ha ido con su padre y con la abuela Vicenta y no ha vuelto todavía; mi prima Luisa está acostada con mi madre; doña Felisa y doña Mariana continúan sentadas en la cocina, en dos sillas bajas, cerca de la lumbre, pero la lumbre está apagada y, además, está anocheciendo y tampoco han encendido la luz. Teresa, la rubia, ha salido también y no sé dónde está Isabel.

Juan y yo, tumbados en el corredor, hablamos:

—Se acabó la guerra.

—Sí, se acabó la guerra.

—Ya no tendremos que ir a la guerra cuando seamos mayores porque ya no hay guerra.

—Pero dicen que va a empezar otra.

—Sí, pero no aquí.

—No, en Alemania.

Pero yo sé que Alemania está muy lejos, más allá de los Pirineos, y luego más allá de Francia, muy lejos, muy lejos; aunque haya guerra, nosotros no iremos. Francisca aparece un momento:

—Cuando queráis cenar, lo decís.

—No, no queremos.

—Algo tendréis que comer.

—No tenemos hambre.

—Bueno —y Francisca se va, encogiéndose de hombros.

Juan empieza de nuevo a hablar:

—Dice papá que nos iremos a Madrid.

—¿Todos?

—Claro que todos; vosotros ya no tenéis casa en Bilbao, por eso vendréis con nosotros a Madrid. Pero la abuela ha dicho que tenemos que estudiar tú y yo, el Ingreso en un colegio. Y que vamos a ir internos a un colegio de León.

—¿A un colegio de León?

—Sí, al Colegio de los Maristas, eso dijo, que conoce al director y que ya le ha hablado de nosotros. Y que estaremos internos hasta los exámenes de Ingreso.

—En junio o en julio...

—Sí, una cosa así.

Bueno, si Juan viene conmigo, no me importa ir interno a un colegio.

—Ya verás —dice Juan—, nos llevaremos la baraja.

—Bueno.

No sé lo que me pasa, no estoy descontento, pero parece que todo me da lo mismo, y todo por mala suerte, porque hemos perdido la guerra, Isabel y yo, y porque se ha muerto tía Concha.

Juan dice también que cuando estemos internos, nos vamos a divertir:

—La mar.

Pero también me da lo mismo.

Como se hace de noche, Juan se va a la cama, pero yo me quedo en el corredor, sin ganas de cenar y sin ganas de dormir. Pero me he debido de dormir un momento, porque me despierta Isabel:

—¡Pero qué haces aquí! Anda a acostarte, es muy tarde.

—No, no quiero acostarme.

Isabel se sienta a mi lado y me da un beso.

—Tienes que dormir.

—De verdad que no tengo sueño.

Isabel suspira y no dice nada; yo tengo ganas de hablar con Isabel, pero no sé qué decir: me gustaría hablar de la guerra y de tía Concha, que ha muerto, y de María Luisa, que me ha olvidado; pero no, no puedo, no sé... tengo muchas ideas en la cabeza y me quedo callado.

Isabel empieza a hablar muy bajo:

—¿Cuántos años tienes?

—Ya tengo nueve años.

—Yo tengo veinte años; soy casi una vieja.

—No, no.

—Si tuvieras mi edad, si tuvieras diez años más, seis años más... Bueno, estoy diciendo tonterías, pero mira, te quiero mucho, ¿sabes?

—Yo también te quiero mucho.

—Sí, pero tú no entiendes.

No, no debo de entender nada.

—Si fueras mayor... —Isabel se vuelve a interrumpir un momento— Vas a ser un buen mozo, ya verás, alto y moreno, muy guapo, muy guapo... y vas a tener muchas novias, muchas.

—¿Como Alberto?

—No, no, Alberto es un fatuo, un engreído... un tonto; tú vas a ser más guapo y más listo que Alberto... ya verás, ya verás... A mí me gustaría verte ahora así... grande, alto... y...

Isabel se calla y cierra los ojos; está muy cerca de mí y suspira otra vez.

—¿Soy tonta, verdad? Fíjate que tontería, tengo veinte años y me estoy declarando a un hombre de nueve años, ¿qué te parece?

A mí no me parece nada; no sé lo que es declararse, y no comprendo por qué repite todo el tiempo que ella tiene veinte años y yo nueve. Tiene razón Juan, los mayores son muy raros a veces.

Isabel me coge, me estrecha, me hace daño:

—Dime que me quieres.

—Pues claro que te quiero.

Isabel se separa de mí; no sé si se ha enfadado, se levanta, se apoya en la barandilla del corredor y, de espaldas, me dice:

—¿Te acuerdas de lo que te prometí?

No, no me acuerdo de nada; no sé de qué habla, pero Isabel continúa:

—Un día, aquí mismo, te dije que me acostaría contigo.

—Sí, toda la noche.

—¿Te acordarás siempre?

—Sí, claro que me acordaré.

—También me dijiste que cuando fueras mayor, te irías a la guerra, y me pediste que te esperara.

—Pero ahora no hay guerra...

—Pero yo te esperaré...

Isabel me esperará, claro que sí, yo ya lo sabía, porque Isabel es igual que yo, pensamos lo mismo: hemos perdido la guerra y nos queremos.

—Isabel —pregunto—. ¿Cuándo seré mayor?

—Depende —me responde—, pero entre los doce y los catorce años te convertirás en un hombre entero.

—¿Doce o catorce?

—No sé.

—¿Dentro de tres o cuatro años?

—Sí, dentro de cuatro años serás ya un hombre y me querrás mucho más que ahora, pero me querrás de otra manera.

—¿Y no habrá guerra?

Isabel tarda en contestarme:

—Sí, tiene que haber otra guerra, una guerra nueva y que ganaremos nosotros, tú y yo.

—Sí, Isabel.

Isabel se vuelve a sentar a mi lado, se abraza a las rodillas y esconde la cara.

—¿Isabel?

—Dime.

—A Juan y a mí nos van a mandar a un colegio internos.

—Ya lo sé.

—Yo quiero que vengas conmigo, no quiero separarme de ti.

—No puede ser; tú te irás a León, eso ha dicho tu abuela, y yo... yo me quedaré aquí... buscaré trabajo y seguiré estudiando, porque yo también estudio, ¿sabes?

—¿Y no te podré ver nunca?

—Claro que me verás, y además nos escribiremos.

Me hace mucha ilusión la idea de recibir una carta, porque nunca he recibido ninguna; y tampoco he escrito nunca una carta, porque las que he escrito a los Reyes Magos no se las puede considerar como cartas verdaderas.

—¿Me escribirás?

—Claro que sí, y tú a mí.

Nos quedamos callados en la oscuridad; yo siento un poco de frío, pero no quiero moverme, me gusta estar así, al lado de Isabel, en esta galería y en la noche.

—Yo tenía un novio —empieza Isabel siempre sin mirarme— y nos queríamos mucho; mi novio se parecía a ti, no era como tú, claro, pero se parecía a ti; y hablábamos juntos horas y horas; mi novio también era socialista, bueno, rojo, y estudiaba mucho porque decía que teníamos que estar preparados para la revolución. ¿Tú sabes lo que es una revolución?

—Una guerra.

—Una cosa así. Mi novio leía los mismos libros que mi padre, los mismos libros que yo; pero a mi novio, lo mismo que a mi padre, lo fusilaron al empezar la guerra, y los libros nos los robaron todos.

Me quedo un poco triste, pero pregunto:

—¿Te quería mucho tu novio?

—Sí, mucho.

—¿Y te besaba?

—Sí, claro que me besaba.

—Yo también seré tu novio y te besaré cuando sea mayor. Ya verás, te voy a querer mucho.

Isabel no contesta nada, sigue inmóvil, con la cara sobre las rodillas y como dormida.

Yo tampoco digo nada.

La guerra ha terminado y ha estallado la paz.

Nos vamos. Todos nos vamos, unos a Madrid y otros a León. Mi primo Juan y yo nos vamos a León con la abuela Vicenta; los demás se van a Madrid.

—Pórtate bien —me ha dicho mi madre—; y no lo olvides, en el colegio nadie tiene por qué saber quién era papá, ¿comprendes?

—Sí.

Ahora volverán los días de Bembibre; no podré hablar de mi padre porque a mi padre lo fusilaron los nacionales, y los nacionales acaban de ganarnos la guerra.

Nos vamos, pero yo estoy triste; mi primo Juan me anima como puede:

—Fíjate, estaremos juntos.

De pronto me detengo ante una puerta entreabierta, la empujo y entro: doña Felisa está sentada frente al espejo redondo y oscuro de un tocador, tiene las manos cruzadas y llora. Isabel, a su lado de pie, le está diciendo:

—No hay que desesperarse, mamá; hay que aguantar... hay que aguantar todavía.

Isabel me ve, pero no dice nada.

—Pero qué hicieron... qué hicieron...

—También a nosotras nos mataron a papá, y tampoco hizo nada.

—Sí... pero a todos, a todos... los han matado a todos y no queda nadie... ¡nadie!... pobre Arturo... y Ramón... ¡qué les hizo Ramón!...

Salgo de la habitación un poco confuso y, en el pasillo, espero a Isabel.

—¿Por qué llora tu madre?

Isabel hace un esfuerzo para hablar:

—Los nacionales siguen fusilando.

—¡Pero si ya acabó la guerra!

—No, la guerra no ha terminado todavía, por lo menos para ellos, por eso fusilan... y acaban de fusilar a unos amigos de mi padre... por eso llora mi madre.

—¡Pero no hay derecho! —me indigno.

—No, no hay derecho... pero ya nos llegará la hora, Pepito, ya nos llegará la hora.

Doña Felisa está ahora hablando con tío Alberto; nunca he visto tan triste a mi tío, parece como si él también hubiera perdido la guerra; pero tío Alberto es de los nacionales.

Doña Felisa, sentada en la silla baja de la cocina, dice con su voz ronca:

—Ya ganaron, ya ganaron... y nosotros lo hemos perdido todo, todo, todo...

Tío Alberto alza una mano como si fuera a bendecir, pero doña Felisa continúa hablando:

—Y nada, no nos queda nada... y siguen... siguen...

—Sí —y tío Alberto habla con una especie de resolución, la primera desde que le conozco—, ustedes sí, todos ustedes y todos los que como usted han perdido la guerra tienen todavía algo que hacer... algo más duro todavía, más duro y más cruel todavía que el haber perdido la guerra... ustedes tienen que... perdonar, tienen que perdonar...

Tío Alberto se interrumpe un momento, pero continúa enseguida:

—Y son ustedes los que tienen que perdonar, porque...
sí, porque nosotros, ya lo verá usted... porque nosotros
no sabremos hacerlo... por eso... por eso... nos tienen que
perdonar...

Doña Felisa parece que no comprende: al principio se
queda callada, después se cubre la cara con las manos y, por
los sobresaltos de su cabeza, sabemos que está llorando.

Tío Alberto no dice nada más, y yo pienso en los que
están fusilando, casi los veo, arrimados a una pared muy
larga, como cuando fusilaron a mi padre, con los brazos
alzados, y después van a caer muertos, con los brazos en
cruz, todos muertos...

Tiene razón Isabel; si los nacionales siguen fusilando,
tendremos que esperar, que aguantar, pero un día haremos
de nuevo la guerra y la ganaremos.

Nos vamos mañana y me siento vacío y triste.

Pienso que si no hubiéramos venido a vivir a Valladolid,
si estuviéramos en Salamanca todavía, yo no habría
conocido a Isabel ni a doña Felisa, y seguiría soñando con
Mari Pili, que es hija de una nacional, militar además, de un
coronel. Pero no estoy triste por haber conocido a Isabel,
porque Isabel me ha hecho pensar y gracias a ella soy ahora
un poco más hombre y, también gracias a ella, me acuerdo
más de mi padre y le quiero más.

Pero estoy triste y vacío: no tengo ganas de nada, ni de
correr ni de jugar, tampoco quiero hablar con mi primo
Juan, ni marcharme con la abuela Vicenta.

Creo que lo único que quiero es estar en la galería que da
al patio de los arbolillos, con Isabel a mi lado, y que Isabel
me hable de su novio y que Isabel me hable de mí.

Ahora me parece que sólo quiero de verdad a dos
personas en el mundo: a mi padre y a Isabel.

Pero a mi padre lo fusilaron los nacionales y de Isabel me tengo que separar mañana mismo. Y yo no puedo hacer nada: ni volver a ver a mi padre ni quedarme con Isabel; y por eso soy pequeño todavía, por eso tengo que esperar.

Más información en
www.acvf.es

www.ingramcontent.com/pod-product-compliance
Lightning Source LLC
Chambersburg PA
CBHW050726180626
46814CB00002B/627